■■은 ■■하고 ■■은 ■■하다

■■은 ■■하고 ■■은 ■■하다

행복은 누추하고 불행은 찬란하다

초판 1쇄 발행 2016년 5월 25일
초판 3쇄 발행 2019년 7월 20일

지은이 | 장석주   펴낸곳 | (주)현암사
펴낸이 | 조미현   등록 | 1951년 12월 24일 · 제10-126호
                        주소 | 04029 서울시 마포구 동교로12안길 35

편집주간 | 김현림   전화 | 02-365-5051
디자인 | 나윤영   팩스 | 02-313-2729
                        전자우편 | editor@hyeonamsa.com
                        홈페이지 | www.hyeonamsa.com

ISBN 978-89-323-1719-5 03800

이 도서의 국립중앙도서관 출판시도서목록(CIP)은 서지정보유통지원시스템 홈페
이지(http://seoji.nl.go.kr)와 국가자료종합목록시스템(http://www.nl.go.kr/kolisnet)에
서 이용하실 수 있습니다.(CIP제어번호 CIP2016010589)

행복은 누추하고 불행은 찬란하다

장 석 주 의   시   읽 기

ぉ현암사

머리말

내 좁은 생각에, 시는 불행의 장르, 어두운 기억의 장르
다. 시인들은 늘 불행의 세목(細目)들을 모으고, 그에 대해 노
래한다. 시가 불행에 대한 노래라고? 그렇다. 삶이 불행을
머금고 있으니 시도 불행을 머금는다. 많은 시들이 불행의
우발성, 불행의 처연함, 불행의 불가피함, 불행의 흔적들,
불행이 만든 천공(穿孔)들, 불행의 상습성, 불행의 악마성,
불행의 숭고함……들을 노래한다. 시인이란 불행을 상습화
하면서 불행을 연기(演技)하는 자다. 따라서 모든 시는 불행
에 들린 자들 — 패자들, 몰락한 자들, 죽은 자들, 떠도는 자
들 — 의 영혼을 뚫고 나온 목소리다. 시로 빚어진 불행은 의
미로 충만하면서 찬란하고, 여기저기 함부로 널린 행복은
누추해 보인다.

이 책의 시들은 2015년 2월 16일에서 10월 12일까지《중
앙일보》'시가 있는 아침'에 소개한 것들, 그리고 2015년 한
해 동안 문화예술위원위의 '시배달'을 통해 배달한 시 일부
를 보냈다. 좋은 시가 널리 알려질 수 있도록 선뜻 수록에 동
의해주신 시인들께 감사드린다.

2016년 늦봄에
장석주 적다

▬▬▬ 있다

■■■ 그럼에도, 사랑한다

있다

지장보살의 발 아래, 수원지가 불분명한 물이 솟았다

저녁으로

송승언

1986~

지장보살은 중생, 특히 악도(惡道)에 떨어진 중생이 성불하기 전까지 자신이 성불하기를 마다하고, 일체 중생을 이끄는 데 전력하는 대자대비의 보살이다. "너와 나"는 지장보살의 발 아래, 수원지에서 솟는 물을 받아 마신다. 구원이 필요한 존재라는 암시일 것이다. 물은 투명하지만 그 물 받아 마신 '너의 얼굴은 검다'. "너와 나"가 그렇듯이, 우리 모두는 '언덕 아래 묘지들'에 잠들어 있는 존재들이다. 아직 악도에서 헤매는 중생이라는 얘기다. 그런데 "서서히 떠오르는 잉어 한 마리"는 무엇일까? 무지몽매에서 깨어난 존재의 표상일까? 이 젊은 시인의 시는 묘하게 마음을 흔드는 데가 있다.

송승언, 『철과 오크』, 문학과지성사, 2015

짐승들도 젖어서 돌아간 이 길 위에
오직 나 혼자 메마른 검불처럼

비

이달균
1957~

비는 몸뚱이나 몸뚱이를 가린 옷이나 거죽을 적실 따름이다. 허나 이 몸은 벗어버려야 할 허물, 혹은 스테판 말라르메의 말대로 "쓸데없이 소리만 나는 폐기된 골동품"이나 다름없는 것. 비는 몸의 남루를 적시지만 영혼의 빛을 꺼트릴 수는 없다. 오, 비여! 세상을 적셔라. "짐승들도 젖어서 돌아간 이 길" 위에서 끝내 젖지 못한 자를 기억하라. 혼자 젖지 않는 자는 이단의 존재, 세상에서 고립된 고독한 자다. 그는 영혼의 빛을 품고, 인생에서 의미라는 꿀을 따 모으는 자다. 그런 존재만이 우리를 파멸시키는 아름다움을 견딜 수가 있다.

이달균, 『북행열차를 타고』, 태학사, 2001

우리는 하늘의 쥐, 고깃덩이 번개, 수뢰,
깃털로 된 배, 식물의 이,

새

프랑시스 퐁주

Francis Ponge, 1899~1988

20

공중을 활강하는 새들을 볼 때마다 가슴이 뛴다. 상승기류를 타고 포릉포릉 나는 새들에 늘 경탄한다. 이 경이로운 존재들, 이 사랑스럽고 하염없는 자들은 어디에서 왔는가? 새들이 뼛속이 텅 빈 골다공증 환자라는 소문이 파다하다. 그러거나 말거나 새들은 씩씩하게 공중을 주름잡는다. 푸른 궁륭의 자식들, 가장 작은 분뇨 제조기, 작은 혈액 보관함, 좌우 날개를 가진 무소유의 실천자, 바람이 띄우는 작은 연들, 발끝을 딛고 춤추는 공중의 발레리나들, 은행 잔고나 국민연금 따위에는 신경조차 쓰지 않는 통 큰 백수들! 한편으로 그런 새들은 "하늘의 쥐, 고깃덩이 번개, 수뢰, 깃털로 된 배" 이외에는 아무것도 아니다.

프랑시스 퐁주 지음, 허정아 옮김, 『표현의 광란』, 솔, 2000

조용할 뿐. 그 고요 속에서

삶은 장려하고, 정답고, 엄숙했다.

조용한 숲 속에

프랑시스 잠

Francis Jammes, 1868~1938

네 머리카락은 제비처럼 검고, 네 목덜미는 눈(雪)처럼 희다. 이제 너는 여기에 없다. 나는 혼자 쌀을 씻어 저녁밥을 끓이고, 밤에는 은비학(隱秘學) 문서나 천문 서책들을 뒤적이고, 혹은『일곱 박공의 집』(너새니얼 호손 지음, 정소영 옮김, 민음사, 2012)이나 열한 번째 읽으며 담배나 한 모금 길게 빨아본다. 밤하늘에서는 별자리들이 이동하고, 땅에서는 풋감들이 후드득 떨어진다. 시골에 묻혀 사는 이의 마음을 헤아리는 자가 없다 한들 억울하지 않다. 나뭇가지의 저 어린 잎사귀 같은 잔근심과 괴로움 따위도 대단찮다. 체념 위로 떠오른 삶은 장려하고, 정답고, 엄숙했으니!

프랑시스 잠 지음, 곽광수 옮김,『새벽의 삼종에서 저녁의 삼종까지』, 민음사, 1995

나는 단순한 인생을 좋아한다

뼈가 있는 자화상

이장욱

1968~

24

살은 무르고 뼈는 딱딱하다. 죽어서 살은 쉬이 썩고 뼈는 오래 남아 삭아간다. 이목구비는 살과 뼈의 총합이다. 자화상은 이 총합을 모사(模寫)한다. 뼈는 살 속에 숨어 있으니 만져질 뿐 보이지는 않는다. 보이지 않으니 만져서 알 수밖에 없다. 시인은 '안개 속에서 뼈들이 만져진다'고 말한다. 미혹의 안개, 몽환의 안개, 암중모색의 안개! 이것은 '선입견 없는 개'들과 '신비로운 표정을 짓는 은행원'들과 더불어 사는 세상을 말하는 것이리라. 단순한 인생을 좋아한다고 고백하는 시인은 조금 덜 존재하는 밤마다 낯선 "뼈가 있는 자화상"을 그려낸다.

이장욱, 『생년월일』, 창비, 2011

그러니까 대체로 시금치를 데치는 저녁
손잡이가 없는 잔을 쉽게 놓치던 저녁

긍휼

성동혁

1985~

내게도 이런 저녁이 한 번쯤 있었던가? 집집마다 늙은 침엽수 같은 애비들이 있던 시절, 시금치 데치는 저녁은 대체로 침통했다. 어디로 갈거나? 서편 하늘엔 붉은 물감이 엎질러져 있고, 비탈길들은 땅그늘에 먹힌다. 부모가 있고 형제자매가 함께 살던 집을 뛰쳐나왔건만 오갈 데 없어 거리에 서서 바람이나 맞던 때는 "손잡이가 없는 잔을 쉽게 놓치던 저녁"이다! 집 나와 붉은 우체통에 머리를 기댄 소년이 천사들의 수목원에서 "길 잃은 낙뢰들을 키우자"라고 맘먹은 그 소년이다. 내 소년의 어느 저녁도 그와 똑같았다.

성동혁, 『6』, 민음사, 2014

달과 화성과 수성이 일렬로 뜬 밤이었다 은하를
품은 먼지였다 잠자기 전에 빙빙 제자리를 도는
미친 개였다

내가 장미라고 불렀던 것은

전동균
―――――
1962~

사물과 그것을 지시하는 이름 사이에는 심연 같은 게 놓여 있다. 이름들 속에서 사물의 근원적 기원을 찾는 일은 아득하다. 이름은 실재가 없는 실재요, 사건이 없는 실존-사건이니까. 이름은 실재나 그것을 가로지르는 본성과는 무관한 관념, 속이 텅 빈 것일 뿐. 그렇지 않다면 "장미"와 "하이에나의 울부짖음" 사이, "나뭇잎"과 "외눈박이 천사의 발" 사이의 간극을 납득하기는 어렵다. "비"를 "산을 달리는 멧돼지 떼"라고 말할 때 두 이미지의 소릿값이 겹쳐지며 감각적인 전이(轉移)가 매우 자연스럽게 일어난다. 하지만 '나'란 '이름'으로 불릴 수밖에 없다는 점에서 이름은 운명이고, 우리는 불가피하게 그 운명에 갇힌다. 시인은 '이름'에 앞서는 본성에 대해 말하고 싶어 한다. 스스로 나라고 불렀던 것은 "뭉개진 진흙", "달과 화성과 수성이 일렬로 뜬 밤", "은하를 품은 먼지", "미친 개"라고 한다. "왜?"라고 반문할 수는 없다. '이름'들이란 실재와는 무관하게 그것을 명명하는 능력과 상상력 사이의 등가(等價)를 이루기 때문이다.

29

전동균, 『우리처럼 낯선』, 창비, 2014

태초에 아담과 하와가 벗었고

(······)

잘 벗었을 때 평화가 찾아들더라

벗는다는 것

이채민

1957~

30

낙원에 살았다는 태초의 사람들은 옷을 입지 않았다 한다. 벌거벗음이 부끄럽지 않았다. 그들의 존재가 순진무구 그 자체였던 까닭이다. 옷을 걸친 것은 실낙원 이후 인류가 겪은 문명화의 결과다. 옷은 취향과 사회적 계급을 드러내는 표지지만, 그 본질은 문명이 덧씌운 관습이고 벌거벗은 자아를 가리는 헝겊 갑옷이다. 벗음은 본성적 자아, 태초의 인간으로 돌아간다는 뜻일 테다. 연인들이 옷을 벗고 사랑을 나누는데 옷이 거추장스러운 잉여인 탓이다. "잘도 벗기고 [서로를] 어루만"지는 남자와 여자가 있었으므로 지구는 생육하고 번성할 수 있었다.

이채민, 『동백을 뒤적이다』, 한국문연, 2012

아이들아, 별자리 성성하고
꿈자리 숭숭한 이 세상에서
우리도 그렇게 있다

식탁

이성복
1952~

식탁 위 아이들이 어질러놓은 햄버거 봉지와 콜라 페트병과 종이 냅킨들! 이 양식(洋式) 생활상의 폐품들이 우연의 조합으로 별자리 구도를 만든다! 이 별자리의 조합은 오메가의 순간, 우주 천지개벽이 닥치기 전 바로 치워지겠지. 이 일상적인 풍경과 구도에서 별자리를 적시해내는 시인의 시력이라니! 하긴 모래 한 알에서 우주를 보고, 한 송이 꽃에서 우주의 파동을 읽어내는 게 시인이다. 시인은 "별자리 성성", "꿈자리 숭숭"으로 가망 없는 현실과 꿈을 배반하는 삶을 축약한다. 별자리를 머리에 이고 살지만 번번이 꿈을 잃고 전전긍긍하다가 가뭇없이 사라지는 게 인생이다. "언젠가"라는 부사가 가슴에 무겁게 얹힌다. 그 '언젠가'를 모르는 게 아니라 자신의 '언젠가'로 생각해보지 않은 데 우리의 몽매함이 있다. 우리는 그 몽매함의 씩씩함으로 닥칠 일들의 전조와 징조들을 다 깔아뭉갠다. 생명의 섭리와 우주 만물을 지배하는 법칙을 다 꿰어도 한 치 앞에서 일어날 제 인생의 일들에 대해서는 깜깜한 것도 그 때문이다.

이성복, 『래여애반다라』, 문학과지성사, 2013

아무렇게나 굽이쳐도 상관없는
등뼈를 따라 걸어간다.

나의 길이

신해욱
———
1974~

"나의 길이"는 "쉽게 길어"지고 "예측 불허"다. '나'의 자아는 무정형이지만, 그렇다고 의지나 욕망마저 없는 게 아니다. '나'는 "등뼈를 따라 걸어"가고, "생각은 내가 가는 쪽으로 흐"른다. 남들이 만든 길이 아니라 전적으로 자신이 욕망하는 방식으로 살아가겠다는 의지가 또렷하다. '나'는 현실에 몸을 던져 '나'를 만드는 일에 열심인데, 이런 태도는 니체가 말한바 "이것이 삶이던가, 그렇다면 다시 한 번!"과 닮아 있다. 정신이 아니라 육체가 곧 본래의 자아, 세계에 대응하는 본래의 '나'다. 걷고 뛰고 나는 것, 도약과 침잠은 오직 몸의 일. 잘 사는 것은 몸의 소리에 귀 기울이고 그것을 따르는 것. 그 밖의 것은 아무것도 아니다.

신해욱, 『생물성』, 문학과지성사, 2009

문득, 듣는 나는 사라지고
화엄의 종소리만 길게 뻗어나가고 있었다

범종 속에는 누이가 살고 있다

김정임

1953~

영은사 범종 소리를 들어보셨는가? 범종 소리는 "끝까지 비움을 다하고 맑고 고요함을 굳게 지킴〔致虛極 守靜篤〕"(『노자』, 16장)과 하나다. 그 범종 소리 듣는 자리가 인생의 진짜 기쁨이 있는 곳이다. 천진난만한 마음만 남기고 모든 것을 내려놓으시라. 저 화엄의 종소리는 우리 상처를 보듬는 다정한 "누이의 마음"을 닮았다. 문득 내가 사라질 때까지 저 범종 소리에 귀를 기울여라. 범종 소리는 "마음의 그늘을 어루만지며" 내 안을 적시고 스며서 더러는 내 중심을 어루만지며 나를 '본래의 자리'로 돌려놓는다.

김정임, 『달빛 문장을 읽다』, 문학아카데미, 2008

하나뿐인 안마용 침상에는 가을비가
아픈 소리로 누워 있다

중국인 맹인 안마사

심재휘
1963~

시인은 언젠가 "상해의 변두리 시장 뒷골목"을 배회한 적이 있었던가, 그러다가 맹인 안마사에게 지친 몸을 맡겼던 적이 있었던가? 안과 밖의 경계를 가르는 주렴 밖에는 가을비가 내리고, 맹인 안마사는 고작 안마용 침상 하나를 놓은 가게 안 나무 의자에 곧게 앉아 바깥을 내다본다. 하늘에서 지면으로 늘어뜨린 가을비의 주렴 속에서 회색빛으로 가라앉은 낯선 도시 뒷골목은 처연하다. 그것이 처연한 것은 그 풍경을 바라보는 마음의 처연함이 겹쳐진 탓이겠지. 곧 가을비가 그친 저녁이 온다. 저녁의 그림자를 밟으며 곧 밤이 올 것이다. 어느새 중국인 맹인 안마사가 "늑골 어디쯤에" 들어와 앉는다. 상해의 변두리 뒷골목에서 만난 맹인 안마사가 그랬듯이 우리도 세상의 하염없이 쓸쓸한 풍경을 내다보는 날들이 있겠지.

심재휘, 『중국인 맹인 안마사』, 문예중앙, 2014

풀은 생각 없이 푸르고 생각 없이 자란다

풀과 생각

이병일
___
1981~

올해의 풀들은 이미 무성해졌다. 이 푸르고 향기도 나는 종족(種族)의 생명력 앞에서 문득 두려울 때도 있다. 그 뻗치는 기세가 곧 세상을 뒤덮어버릴 듯하다. 기세등등한 초본식물들도 가을 무렵쯤 자진(自盡)한다. 씨앗 몇 톨을 떨구고 그동안 꿋꿋하게 서 있느라 닳아진 무릎을 꺾는다. 시인은 풀이 "생각 없이 푸르"듯 생각도 "아무 때나 푸르다"라고 말한다. 흔히 풀은 욕망과 의지의 은유에서 더 빛날 텐데, 이 젊은 시인은 풀과 생각을 나란히 한 줄에 놓는다. 어느 날 문득 생각 없이 잘 자라는 게 자연이라는 걸 발견한 것이다. 유레카! 시인은 소와 말이 그 생각 없는 풀을 먹고 생각 없이 잘 자란다고 "조용히 부르짖"는다. 세상은 고요하고, 소와 말과 풀들이 생각 없이 잘 자란다면, 그게 평화가 아니고 무엇이겠는가? 소와 말들이 풀 뜯는 들판은 오늘도 고요한가?

이병일, 『옆구리의 발견』, 창비, 2012

나무는 그림자를 굽어보고
그림자는 나무를 올려다본다

나무와 그림자

김남조
———
1927~

나무가 실체라면, 그림자는 허상이자 이미지다. 둘은 닮았지만 같지는 않다. 항상 나무를 올려다보는 그림자! 그림자는 나무에의 자발적 예속에서 벗어나지 못한다. 나무와 그림자의 관계 유형은 연인 사이에서 주인과 예속자에 빗대진다. 정신분석학에서 그림자는 정념의 혼란을 안고 자아 바깥으로 내쳐진 자아다. 승화되지 않은 어두운 욕망을 안은 채 영원히 추방된 또 다른 '나'다. 그림자는 자신을 아파하지 않고 "나는 그 사람이 아프다!"라고 말하는 불행과 숙명에 빠진 자를 은유한다.

김남조, 『심장이 아프다』, 문학수첩, 2013

어두워지자 길이
그만 내려서라 한다

노독

이문재
___
1959~

44

오래전 읽은 시인데, 다시 읽어도 가슴이 아릿해진다. 여수(旅愁)의 멜랑콜리가 날카롭게 가슴을 베기 때문일 것이다. 길 위에 있는 자는 어두운 세상에서 스스로 제 삶을 밝히는 등불이 되어야 한다. 더러는 "몸 속으로 들어온 길이/불의 심지를 한 칸 올리"기도 할 터. 하지만 "함부로 길을 나서/길 너머를 그리워한 죄"에는 감형(減刑)이 없다. 길은 길로 이어지는 것이어서 여독(旅毒) 품고, 다시 길을 나서야 하니까.

이문재, 『마음의 오지』, 문학동네, 1999

열매 없는 자신을 보는
고통에서 나를 해방시켜 줘요.

열매 맺지 못하는 오렌지 나무의 노래

페데리코 가르시아 로르카

Federico García Lorca, 1898~1936

로르카는 집시의 피를 물려받은 아버지와 유대인 어머니 사이에서 태어난 스페인 시인이다. 이 뛰어난 시인은 스페인 내전 중 과격한 민족주의자들에 의해 죽임을 당해 38세의 짧은 인생을 끝낸다. 그림자를 잘라달라는 오렌지 나무의 애소(哀訴)가 그대로 시가 되었다. 그림자를 자신에게서 잘라내 달라고 오렌지 나무는 나무꾼에게 애소한다. 오렌지 나무에게 그림자란 "열매 없는 자신"이다. 평생 그림자를 바라봐야 하는 고통에서 벗어나게 해달라는 얘기다. 어디 그 고통이 열매 맺지 못하는 오렌지 나무만의 몫이랴! 사람들도 저마다 평생 형상이 다른 그림자를 달고 다닌다.

페데리코 가르시아 로르카 지음, 정현종 옮김, 『강의 백일몽』, 민음사, 2003

윗눈꺼풀과 아랫눈꺼풀 사이
바깥의 광활과 안의 광활로 내 몸이 갈라진 흔적

지평선

김혜순

1955~

하늘과 땅을 가른 채 지평선이 펼쳐져 있다. "윗눈꺼풀과 아랫눈꺼풀 사이", "바깥의 광활과 안의 광활로" 갈라진 사이, 저 쪼개진 틈으로 일몰이면 핏물이 번져온다. 저 지평선을 누가 쪼개놓았나. 누가 하루를 "흰낮과 검은밤"으로 나누어놓았나. 우리는 그것도 모르는 무지몽매한 인간으로 잘 먹고 잘 산다. 당신은 '낮의 매'가 되고 나는 '밤의 늑대'가 되어 엇갈린 채 저 지평선 근처를 스쳐 지나가기도 하리라.

김혜순, 『당신의 첫』, 문학과지성사, 2008

바람 부는 저녁에는

아무도 길을 나서지 않는다

바람 부는 저녁 — 안토니를 위하여

하일지
─────
1955~

50

하일지는 소설가이면서 미국과 프랑스와 한국에서 시집을 각각 한 권씩 낸 시인이다. 바람 부는 저녁, 나이를 가늠할 수 없는 '나'와 어린 제비는 몸에 열이 있다. '오리나무들은 울고, 양귀비들은 시들고, 뱀은 차가운 땅에서 경마장을 회상'한다. 계절은 겨울, 밤새 기침을 하는 어린 제비들의 안부를 걱정할 것이다. 할머니는 '나'와 제비들을 근심하며 "서랍 속에서" 웅크리고 잠들었다고 한다. 그런데 갑자기 할머니는 벌써 스무 해 전에 떠났다고 한다. 삶에는 얼마나 많은 "바람 부는 저녁"들이 있고, 그런 저녁마다 얼마나 우리 마음이 스산함으로 떨었을까? 삶은 영원한 수수께끼이고 영구적인 미제사건(未濟事件)인데, 그 구체적인 국면을 만진 듯 내 손이 서늘하다.

하일지, 『내 서랍 속 제비들』, 민음사, 2010

몸을 풀어서
누에는 아름다운 비단을 짓고

몸을 풀어서
거미는 하늘 벼랑에 그물을 친다.

오체투지

이수익
1942~

누에는 몸을 풀어 비단을 잣고, 거미는 허공에 거미줄을 친다. 나는 몸을 풀어 무엇을 했나. '물 젖은 종이'도 사생결단이다! "축축해진 두 몸이 혼신으로 밀착하여 / 한 쪽을 떼어내자면 또 다른 한 쪽이 / 사생결단, / 먼저 자신을 찢어놓으라는 것이다." (이수익, 「이따위, 라고 말하는 것들에게도」) 하다 못해 종이도 제 생리를 거스르는 힘에는 사생결단으로 버틴다. 사생결단은 온몸으로 힘을 쓰는 것이고, 오체투지는 힘을 빼는 것이다. 오늘 사생결단도 오체투지도 없이 허송세월했으니, 저녁 한 끼라도 굶어야겠다.

이수익, 『꽃나무 아래의 키스』, 천년의시작, 2007

보소라 임아 보소라
빠개 젖힌 이 가슴.

석류

조운
─────
1900~1956?

발레리는 「석류들」이라는 시에서 "그대 알맹이의 과잉에
못 이겨/반쯤 벌어진 단단한 석류들이여"라고 노래한다.
석류는 안이 가득 차면 단단한 것도 파열하는 것임을 깨우치
게 한다. 우리의 천재 시조 시인 조운은 석류를 보고 "빠개
젖힌 이 가슴"이라고 썼다. 벼락과 해일이 없어도 잘 익은
석류는 제 가슴을 빠개고 풀어헤친다. 그렇게 제 안에 숨은
홍옥들을 만천하에 공개한다. "보소라 임아 보소라." 석류
는 알알이 무르익은 붉은 보석들을 임에게 보여주고 싶었던
것이다.

조운, 조운기념사업회 엮음, 『조운시조집』, 작가, 2000

내가 닫아버렸던 고통의 문(門)을
누가 다시 열어놓았을까

깊고 고요하다

최승자
___
1952~

56

활은 고대국가들에서는 전쟁 무기로 위세를 떨쳤다. 활의 효시는 후기 구석기 시대까지 거슬러 올라간다. 공자 시대의 활쏘기는 군자가 인격을 닦기 위해 갖추어야 할 여섯 가지 덕목 중의 하나였다. 노자는 하늘의 도는 활을 당기는 것과 같다고 하고, 공자는 활쏘기는 굳이 과녁을 맞혀 뚫는 것에 주력하거나 그것만을 능사로 삼지 않는다 했다. 노자는 활에서 도를 읽고, 공자는 활쏘기를 예약(禮樂) 구현의 좋은 예로 읽었다. "검은 활시위 / 검은 화살." 시인은 허공을 꿰뚫는 화살에서 고통을 뚫고 나가는 삶을 겹쳐 본다. 시위에서 쏜살같이 떠나 일순(一瞬) 허공을 뚫는 화살 한 촉과 세월을 뚫고 나아가는 삶은 대응한다. 혼돈에서 홀연 눈뜬 것, 열락은 없고 고통 그 자체인 것, 그게 화살이다! 어쩌자고 시위와 화살이 다 검은색일까? 검은 것은 태고의 혼돈이고 우주 처음의 태허(太虛)다. 삶의 현묘함을 꿰어 본 직관이 검은색을 연상했으리라. 화살은 닫아버렸던 고통의 문을 열고 과녁을 향해 날아간다. 얼마나 힘들었으면, 시인은 "잠의 꿈결에서인 듯", 혹은 "꿈의 잠결에서인 듯", "가만히 스쳐만 가시라"라고 했을까!

최승자, 『쓸쓸해서 머나먼』, 문학과지성사, 2010

강을 시냇물이 끌고 가고
시냇물을 빗줄기가 데려가고

되돌아오다

조승래

1958~

찻잔 안에 물이 찰랑인다. 이 물은 어디에서 왔는가? 물의 기원은 아득하다. 그것은 빗줄기에서 시냇물로, 시냇물에서 강물로, 강물에서 바다로 거슬러 올라간다. 물이 돌고 도는 긴 순환 끝에 찻잔으로 돌아온다. 높은 곳에서 낮은 곳으로, 큰 것에서 작은 것으로 순환하며 꽃을 피우고 열매를 맺게 한다. 물은 순환하며 세계를 비옥하고 풍요롭게 만든다. 물이 순환할 때 우리는 날마다 변한다. 이것은 우리가 순환하는 자연과 우주의 일부라는 뜻이다.

조승래, 『칭다오 잔교 위』, 서정시학, 2015

성당의 종소리 끝없이 울려 퍼진다
저 소리 뒤편에는
무수한 기도문이 박혀 있을 것이다.

뒤편

천양희

1942~

앞은 세계의 전면과 마주하며 그 태도는 당당하다. 앞은 꾸며지고 주목받으며 성화(聖化)되는 그 무엇이다. 반면 뒤편은 외롭게 소외된 채 드러내지 않고 숨어 있다. 뒤편은 아무 가식 없이 정직하고 있는 그대로 소탈하다. 사람의 뒤편인 뒤통수·등·허리·엉덩이를 보라. 뒤편은 불행과 고독을 묵묵히 받아들인다. "생의 곡선"을 품은 모든 뒤편은 외롭고 슬프다. '종소리의 뒤편엔 무수한 기도문이 있고', '백화점 마네킹의 뒤편엔 무수한 시침이 꽂혀' 있다.

천양희, 『너무 많은 입』, 창비, 2005

이 세계의 질서에 강자의 패권에 편입되지 않는
확고한 움직임을 나는 너의
뜻 없는 분주함 속에서 보았다

확고한 움직임

우영창
1955~

어린아이는 존재 양태 중에서 가장 경이롭다. 동서양의 탁월한 두 철학자, 니체와 노자는 어린아이를 대놓고 찬탄한다. 니체는 어린아이가 순진무구하고, 쉽게 망각하며, 늘 새 출발을 하는 존재라고 말한다. 매사가 놀이, 스스로 도는 수레바퀴, 최초의 움직임, 성스러운 긍정인 어린아이들! 노자는 어린아이가 덕을 두텁게 머금은 존재라고 한다. 벌이나 뱀도 쏘지 않고, 맹수도 달려들지 않고, 날짐승도 채어 가지 않는다. 뼈가 약하고 근육이 부드러워도 쥐는 힘이 단단한 것은 정기의 지극함 때문이다. 종일 울어도 목이 쉬지 않고, 저 혼자서도 잘 노는 "아가야"! 세계의 질서나 강자의 패권 따위는 무시하는 너의 "뜻 없는 분주함" 속에서 저 어른은 "확고한 움직임"을 보는구나!

우영창, 『사실의 실체』, 세상의아침, 2006

티셔츠에 목을 넣을 때 생각한다
이 안은 비좁고 나는 당신을 모른다

티셔츠에 목을 넣을 때 생각한다

유희경
1980~

처음 이 시를 읽은 것은 신춘문예 당선시를 발표하는 신문지상이었다. 참신한 감각이 얼른 눈에 들어왔다. 다시 읽어보니 시의 이면에서 깊은 슬픔이 느껴진다. "플라타너스 잎맥이 쪼그라드는 아침"이라고 했으니, 늦가을이거나 초겨울일까? 설거지를 하는 어머니의 뒷모습, 베란다에서 담배를 피우는 삼촌, 그리고 여기에 없는 당신. 당신은 아버지일까? "춥지 않은 무덤"이라는 시구로 유추하자면, 아버지는 돌아가셨을까? 식탁에 고지서 몇 장이 놓여 있고, 욕실의 하얀 타일은 오래 되면 누르칙칙하게 변색된다. 누추한 일상의 모습이다. "티셔츠에 목을 넣"는 청년은 그 일상 속에서 한 사람의 부재가 만든 공허를 어루만지는 것이다. 어딘가에서 울려오는 슬픔의 맥동(脈動)에 마음이 축축하게 젖는다.

유희경, 『오늘 아침 단어』, 문학과지성사, 2011

아이는 지금 춤이다
춤추는 게 아니고 춤이다

춤

이진명
1955~

66

노자 철학은 본질에서 생명철학이다. 노자가 자연의 생명 그 자체인 아이를 찬미하는 것은 당연하다. 아이는 생명의 지극함을 머금고 웃고 춤춘다. 춤은 생명의 율동이다. 아이는 "뭣에 겨운지 겨운 웃음을 탱탱히 머금고" 밥상머리에서 춤을 춘다. 신명에 겨워 춤추는 게 아니라 자기도 어쩌지 못하는 정기 때문이다. 아이와 탱글탱글한 춤은 하나다! 아이가 춤출 때는 "오직 신기함만이 일하는 시간"이고, "오직 존재의 불꽃만이 활발발 일하는 시간"이다.

이진명, 『세워진 사람』, 창비, 2008

직업은 망나니지만
모태 신앙이다
방금 여치의 목을 딴
두 팔로 경건히 기도 올린다

사마귀

반칠환
―――――――
1964~

사마귀 하면 장자(莊子)의 '당랑거철(螳螂拒轍)'이란 우화
가 먼저 떠오른다. 제 분수도 모른 채 도끼를 쳐들고 수레에
맞선 사마귀라니! 날뛰는 자의 분별없음은 어리석음의 극치
다. 한 시인이 '사마귀의 직업이 망나니'라고 폭로하기 전까
지 그의 직업에 대해 알려진 바가 없었다. 사마귀가 곤충의
목을 따는 포식자니 그럴듯하다. 철학자는 사마귀에게서 도
끼를 휘두르는 무뢰한을 보고, 시인은 여치의 목을 따고 두
팔로 기도하는 모태 신앙의 경건함을 읽어낸다.

반칠환, 『전쟁광 보호구역』, 지혜, 2012

생가지 뚝뚝 부러지겠네
낮에 본 동백 다 떨어지겠네

산에서 잠들다

안이삭
1961~

산에 갔다가 비를 만나 발 묶여 하룻밤 지낸 경험을 노래한다. 비 들이치고 '흙은 놀라 퉁겨져 오른다.' 비의 사나운 기세에 동백들이 모가지째 뚝뚝 떨어진다. 물러가고, 들이치고, 내둘리고, 퉁겨져 오르고, 부러지고, 떨어지고, 지워지고……. 다채로운 동사들의 군무(群舞)가 유독 눈길을 끈다. 동사들이 쉼 없이 교대하며 사물과 존재들의 소리와 움직임으로 가득 찬 세계의 교향악을 들려준다. 이 세계가 동사들이 약동(躍動)하면서 의미를 만드는 세계라는 사실을 새삼 깨닫는다.

안이삭, 『한 물고기가 한 사람을 바라보는 오후』, 시인동네, 2014

편도나무야, 나에게 신에 대해 이야기해다오.
그러자 편도나무가 꽃을 활짝 피웠다.

편도나무에게

니코스 카잔차키스
Nikos Kazantzakis, 1883~1957

스물 하고도 다섯 살 때 출판사 편집부 말단으로 들어갔더니, 첫 일감으로 배당된 게 낯선 그리스 작가의 자서전 교정이었다. 이 낯선 작가의 삶은 피의 여로(旅路)이고, 영혼은 사상과 이념의 격전지였다. 단박에 이 낯선 작가에게 홀려 전집을 내자고 출판사 사장을 꼬드겼다. 그가 태어난 저 멀고 먼 크레타 섬에 꼭 가보리라고 했지만, 정작 갈 수 있으리라고는 생각지 못했다. 꿈은 기어코 이루어지는 것인가? 마침내 2013년 여름, 크레타 섬에 갔다! 카잔차키스의 소박한 돌무덤 앞에 서 있는 묘비를 손으로 쓸어보았다. "나는 아무것도 바라지 않는다. 나는 아무것도 두렵지 않다. 나는 자유다." 살아 있을 때 작가가 직접 쓴 묘비명이다. 그는 신을 찾아 수도원 순례를 했다. 신은 편도나무 꽃을 활짝 피워 그의 모습을 드러냈다.

니코스 카잔차키스 지음, 안정효 옮김, 『영혼의 자서전』, 열린책들, 2009

이 세상엔 다른 바다들도 있음을 나는 알고 있다,
어부의 바다,
항해자들의 바다,
수병들의 바다,

나는 알고 있다

외젠 기유빅
Eugene Guillevic, 1907~1997

카르나크(Carnac)는 프랑스 브르타뉴 지방의 소읍으로 바다와 면한 곳이다. 시인 기유빅의 아버지는 선원이었고, 어머니는 양재사였다. 기유빅은 거센 바람과 헤더(heather)가 물결치는 땅에서 나고 자라서 알자스 지방 등기청에서 공무원으로 일했다. 카르나크의 바다는 위험하고, 그 속내를 알 수 없었다. 세상에는 여러 바다가 있지만 기유빅에게 바다는 오직 카르나크의 바다뿐이다. 그 바다가 잔잔하다가도 불쑥 패악을 부릴 때 천지간은 공포로 물든다. 이 바다는 우리 무의식의 바다와 조응(照應)한다. 시인은 고향의 바다에서 어부의 바다, 항해자들의 바다, 수병들의 바다, 그 밖의 모든 바다들을 보았다.

기유빅 지음, 이건수 옮김, 『가죽이 벗겨진 소』, 솔, 1995

나는 새의 이름을 왼쪽으로부터 오른쪽으로 읽어
나갔다
새의 목소리로 그렇게 했다

식생

황인찬
───────
1988~

조류 감각생물학을 연구하는 데 평생을 바친 연구자들 덕분에 조류의 감각계에 대해 더 많이 알게 되었다. 새는 자외선을 보고, 방향 정위 능력이 있으며 지구 자기장을 감지한다는데, 이는 사람에겐 없는 감각들이다. 홍학은 수백 킬로미터 밖에서 내리는 빗방울 소리를 감지하여 산란을 위한 임시 습지가 생겼음을 안다고 하니, 입이 딱 벌어질 만하다. 새들은 얼마나 경이롭고 사랑스러운가! 시인은 새의 눈으로 새를 보고, 새의 목소리로 새의 이름을 읽어나간다. 마침 『새의 감각』(팀 버케드 지음, 노승영 옮김, 에이도스, 2015)이란 책을 읽었는데, 이 감각계의 천재들에 대해 알면 알수록 더욱 감탄할 수밖에 없었다. 새들의 눈으로 보자면, 사람은 한참 하수(下手)다.

황인찬, 『구관조 씻기기』, 민음사, 2012

산다

2월에서 3월로 건너가는 바람결에는
싱그러운 미나리 냄새가 풍긴다.

3월로 건너가는 길목에서

박목월
———
1916~1978

강설(降雪)의 아침, 혼자 설레는 가슴을 안고 안절부절못하던 게 엊그제인데 어느덧 까마득한 옛일 같다. 산골 움집 처마에 달린 고드름이 녹고, 폭설 뒤 마을까지 내려오던 산짐승들은 자취를 감춘다. 계곡엔 눈 녹아 흐르는 물소리 청량하고, 잔설 밑 노란 복수초 꽃은 수줍게 얼굴을 내민다. 아이들은 산약초 뿌리를 씹어 먹고 열이 나는지 겨우내 맨발로 지낸다. 홍옥같이 볼 붉은 아이들은 키가 한 뼘이나 자랐다. 2월에서 3월로 넘어가는 이즈막, 봄은 성큼성큼 다가온다. 공중엔 싱그러운 미나리 냄새, 가슴엔 손대는 일마다 잘 풀릴 것만 같은 낙관주의가 번진다. 봄마다 사람들은 봉토와 권세가 없어도 마음은 부자고 의욕이 뻗친다. 늘어난 일조량이 깨운 희망과 낙관주의를 품고 어질고 옹골지게 살고자 한다.

박목월, 『크고 부드러운 손』, 민예원, 2003

내가 어렸을 적
지금과 똑같이 검은 영혼이었네

검은 빗속에서

우대식
1965~

서른 몇 살 때 순식간에 명성을 얻었다. 곧 그것을 놓쳤다. 서울을 떠났다. 시골에서 집 짓고 살며 혼자 밥 먹고 소주를 마신 채 잠들었다. 내 가슴에 깊은 병이 들어와 살았다. 그 병을 다정한 이웃인 듯 품었다. "병은 나름대로의 규칙과 절도와 침묵과 영감들을 갖춘 수도원 같은 것"(알베르 카뮈). 비 오면 빗소리에 귀를 기울이고, 눈 오면 종일 눈 내리는 풍경을 내다보았다. 나날이 다 실업의 날들이었다. 가슴팍을 쥐어뜯으며 견뎌야 했던 그 실업의 날들! "공을 치는 하루" 라는 말이 유독 가슴에 크게 울린다.

우대식, 『설산국경』, 문예중앙, 2013

당신을 바라보며 나는 육기통의 엔진처럼 두근거린다.

렌트

조동범

1970~

도시적 삶의 갈피에 숨은 멜랑콜리를 끄집어낸 시다. 이 멜랑콜리는 우울과 비극, 그리고 불안이 겹치고 쌓여 만들어진 과잉의 정서다. 도시는 "죽은자들", "붉은 사막과 붉은 언덕", "검은 재", "불길한 무덤", "죽은 동물의 냄새" 따위의 수식을 받아 한결 음산하고 어둡다. 「렌트」는 분명 내 것이되 내 것으로 여겨지지 않는, 끊임없이 삶 바깥으로 미끄러져나가는 낯선 삶에 대한 음울한 노래다! 생은 이미 단 한 번도 내 것이었던 적이 없었다고 시인은 말한다. 다만 우리는 '렌트'라고 호명되는 삶을 견디고 있을 뿐이다.

조동범, 『금욕적인 사창가』, 문예중앙, 2016

울음 곁에서 울음의 영혼을 만지면서
나는 최초의 금강(金剛)을 배웠다

울음의 영혼

이기철

1943~

지금 어디선가 누군가 울고 있다면 우리는 그 울음에 윤리적 책임이 있다. 꽃이 태양의 고결한 덕에 힘입어 피어나는 것과는 반대로 누군가 울 때 그것은 우리 부덕의 소치다. 누군가 흐느낄 때 곁에서 울음이 그칠 때까지 기다려주어야 한다. 시인은 울음의 영혼을 만지며 "최초의 금강"을 배우고, 눈물이 울음의 "흑요석"이라고 쓴다. 울음을 해부하고 성분을 분석해본 사람만이 눈물이 금강이나 흑요석이라는 걸 안다. 고독은 너덜너덜해지지만 눈물은 그렇게 단단한 것이구나!

이기철, 『꽃들의 화장 시간』, 서정시학, 2014

마루에 남겨진 그림자가 누군가를 기다리고 있다
대구잡이를 나갔다가 영영 돌아오고 싶지 않아졌다

서성이는 것들

장대송

1962~

철없던 시절 나도 먼 나라를 동경해 밀항을 꿈꾸고, 작은 냄비에 저녁밥 짓는 여자의 남자가 되고자 안달한 적이 있다. 시인은 대구잡이를 하고 싶다는 생각에 빠진 적이 있다. 대구잡이를 나간 바다에서 영영 돌아오고 싶지 않았다니, 무슨 곡절이 있는 걸까? "마루 끝을 서성이던 여인", "마루에 남겨진 여인의 그림자"와 관련이 있는 것일까? 그 여인은 누구일까? 슬픔을 가진 자들은 늘 '이렇게 서성이고', 서성이는 자들은 "슬픈 빛들을 잡아먹"고 슬픈 기색이 역력하다.

장대송, 『스스로 웃는 매미』, 문학동네, 2012

저 탄더미 속에 들어간 빗물이
검은 까치독사로 기어 나왔다

토우

권혁재

1965~

빛바랜 전근대적 풍경을 배경으로 삼은 이 "저탄더미"는 암흑의 표상이고, 가난과 재난을 낳는 악에 대한 이미지로 생생하다. 빗물이 스민 저탄더미에서 기어 오는 "검은 까치독사"는 시각적 이미지가 강렬해서 소름이 오스스 돋는다. 까치독사는 먹잇감을 찾아 토우가 내리는 "역광장", "가슴 뚫린 퍼런 그림자"들의 교성과 비명이 뒤섞이는 타락한 현실을 휘젓고 돌아다닌다. 까치독사는 양심을 물어 죽이고 독을 번지게 해서 꿈을 악몽으로 바꾼다. 이 "검은 까치독사"는 우리의 연약한 살을 물려는 악덕이고, 우리를 집어삼키려는 세계의 빈곤 그 자체다.

권혁재, 『투명인간』, 문학의전당, 2009

감 떨어지면

친정(親庭)집 달 보러 갈거나

손거울

손거울

박용래

1925~1980

도시 정서가 육식성인 데 반해 농경민의 피와 살로 육화된 정서는 여리고 순정적인 초식성이다. 박용래의 시는 "꼭 두새벽부/강설(降雪)을 쓸고/동짓날/시락죽이나/끓이며"(「시락죽」) 사는 농경민의 식물성 정서를 바탕으로 한다. 시인의 식물성이 숨길 데 없이 드러나 군더더기 한 점 없이 깨끗하다. 식물성의 존재에게 해보다는 달이 더 잘 어울린다. 스스로 빛을 못 내지만 남의 빛을 반사한다는 점에서 달과 손거울은 하나다. 이 시인의 영리함은 달과 손거울이 자리를 서로 슬쩍 바꾸는 데 있다. "어머니 젊었을 때/눈썹 그리며 아끼던" 것은 손거울, 감 떨어질 무렵 친정집 가서 보려는 것은 달! 시인은 이것을 능청스럽게 뒤바꿔놓는다. 하늘엔 손거울, 땅엔 달!

박용래, 『먼 바다』, 창비, 1984

선생님의 그 오래된 풍경은 아직도 젖어 있나요?

유령림

김안
―――――
1977~

94

방금 배달된 나쓰메 소세키 전집 8권 띠지에 "늑골 끝에서 울리는 혈액의 고동소리"라는 구절에 마음이 환해진다. 살아 있음의 기미를 감각의 선명함으로 돌려주는 이 한 구절에서 마음이 먼저 반응하며 환해진 것이다. 세상에는 개보다 못한 부류의 사람과 "개보다 나은 삶을 살아야겠다고 생각"하며 사는 부류로 나뉘어 있다. 후자보다 전자가 더 득세를 하면, 전자의 부류가 후자의 부류를 물어뜯는 세상이라면, 그곳이 곧 지옥이리라. 산 것들이 악저(惡疽)로 부풀며 병증을 보이고, 삶보다는 죽음이, 웃음소리보다는 비명이 더 많은 끔찍한 세상, 평범한 사람조차 "소심하기 짝이 없는 괴물"이 되기를 강요하는 이 기괴한 세상에서 "개가죽을 뒤집어쓴 채 흘러가는 세월"을 가만히 내다본다. 시인은 "비가 와도 젖지 않는 하얀 유령림"들이 도처에 생기고, 별조차 "죽은 개들의 안광"처럼 빛을 뿌린다는 우울한 소문을 전한다.

김안, 『오빠생각』, 문학동네, 2011

지르르 피 닳는 울음 지르르
거저 듣는 줄 알았네

가을벌레

홍성란
—————
1958~

가을이 깊어지며 밤과 새벽으로 풀벌레들 울음소리가 드높다. 풀벌레들은 한 줌 차가운 공기를 흔들며 지르르 지르르 운다. 풀벌레의 슬픈 언어이자 존재의 파열음이 가을밤의 허공에 구멍을 낸다. 일찍 잠 깨인 새벽 풀벌레의 울음소리에 가만히 귀 기울인다. 어제 밤중에는 어둠 속에서 고라니가 울었다. 풀벌레의 울음소리나 동물의 울부짖음은 제 존재를 찢고 여는 수단이다. 동물들은 말을 갖지 못한 열등한 형제들이다. 오, 형제들이여, 밤새도록 울어라! 내 그 소리들을 들으며 밤을 새울 것이니.

홍성란, 『춤』, 문학수첩, 2013

별들은 잠을 깨어
딸랑딸랑 워낭 소리를 내곤했다.

여름 별자리

이준관
―――――
1949~

자연에 대한 심미적 성찰이 빛나는 이 시에서도 알 수 있
듯이, 좋은 시의 언어는 세계의 깊이를 자각하게 이끄는 바
가 있다. 시는 곧 세계의 발견이요, 개시(開示)니까 당연한
얘기다. "경기도 양평군 단월면 산음리" 밤하늘에는 다 멸
종된 줄 알았던 별들이 쏟아져 나온다지. 별들은 온 하늘 가
득 뽕나무 오디 열매처럼 다닥다닥 열린다지. 인류의 불행
은 우리 머리 위에 낮이나 밤이나 이 "별 바구니"를 이고 산
다는 사실을 잊은 데서 시작한 것은 아닐까? 어미 소가 밤중
에 어린 새끼를 뜨뜻한 혀로 핥아줄 때 하늘의 어린 별들도
잠을 깨어 딸랑딸랑 워낭 소리를 낸다는 그곳을 한번 찾아가
볼까?

이준관, 『천국의 계단』, 서정시학, 2014

빗방울 하나가
차 앞유리에 와서 몸을 내려놓고
속도를 마감한다

가차 없이 아름답다

김주대
─────
1965~

가차 없이 사라지는 것은 가차 없이 아름답다. 멀리서 들려오는 종소리, 모란이 지던 초밤, 짧게 지나가는 비, 백거이의 어떤 시구, 초가을의 아침 이슬, 거룻배, 중국 여행의 끝, 무지개, 첫사랑 따위가 그렇다. 차 앞유리에서 제 속도를 마감하는 빗방울도 가차 없이 사라지는 것의 목록에 든다. 빗방울은 꿈틀거리다가 "목탁 같은 눈망울"로 차 안을 들여다보고, 이윽고 미끄러져 사라진다. 이 미미한 것의 사라짐을 놓치지 않은 시인이라니! 덧없이 사라진다는 점에서 빗방울은 젊음, 세월, 생명, 사랑이나 다를 바 없다. 찰나의 광휘를 남기고 사라짐으로써 애틋해지는 것들!

김주대, 『그리움의 넓이』, 창비, 2012

한낮의 햇빛을 모조리 토해내는
비릿하고 능란한 술빵 냄새의 시간

술빵 냄새의 시간

김은주

1980~

"컹컹 우는 한낮의 햇빛"이라는 구절에 깜짝 놀란다. 햇빛이 컹컹 울다니! 인상적인 첫 구절이다. 햇빛도 구름도 하늘도 다 좋은 화창한 날씨인데, 실업수당을 받으러 가는 길이라니! 지금 당장은 실직 상태라는 얘기다. 청춘은 왜 그리도 아픈 게 많을까? "후끈 달아오르고", "둥실/떠오르고 싶"은데, 현실에 널린 것은 온통 장애물들! 그 사실이 "가로수는 세상에서 가장 인간적인 바리케이드"에서 얼핏 암시된다. "술빵 냄새의 시간"이란 술빵이 부풀고 익어가는 시간이다. 술빵이 숙성하듯이 사람도 성숙해진다. 숙성이나 성숙에는 다 시간이 필요하다는 공통점이 있다.

김은주, 『희치희치』, 문예중앙, 2015

시간이 이 세상 밖으로 구부러졌다
시여, 등을 굽혀라

활

강정
———
1971~

104

우리 민족을 일컫는 '동이족(東夷族)'이라는 말이 '동쪽의 큰 활잡이'라는 뜻이라고 한다. 우리는 활을 잘 쏘는 조상들의 후예인 셈이다. 인간은 저마다 하나의 활이 아닐까? 그 활로써 우리는 무언가를 겨냥한다. 활쏘기의 궁극은 각각 자기의 과녁을 쏘는 것이다. 이것은 내 말이 아니라 옛 경전 『예기(禮記)』에 나오는 말이다. '어미 고양이를 삼키고 사람이 되려고 우는' 이 세상에서 우리는 저마다 무언가가 되기 위해 활을 당긴다. '구부러진 어깨를 펴고, 갈빗대에 힘줄을 얹어, 마지막 숨을 길게 당길' 때! 물아일체에서 궁극의 활을 당길 때 긴장으로 심장은 뻐끈하고 근육들은 팽팽해진다. 지나고 나서 돌아보니, 대개 그럴 때가 인생은 절정이던 것이다.

강정, 『활』, 문예중앙, 2011

밥그릇은 먹지 말고 밥을 먹거라
돈은 평생 낙엽처럼 보거라

어느 소나무의 말씀

정호승

1950~

"밥그릇을 먹지 말고 밥을 먹거라." 평범하지만 되새기고 싶은 지혜로운 말이다. 밥, 돈, 잣대는 살아가는 데 필요하다. 이것들 때문에 사람들은 행복과 불행 사이를 오가며 울고 웃는다. 이것이 운명을 쥐락펴락하는 듯하지만 실은 허상이다. 밥은 다양하지만 위를 채운다는 목적에서 하나고, 돈은 돌고 도니 내게 영원히 머물지 않으며, 잣대는 시대에 따라 변화무쌍하게 바뀐다. 정말 변하지 않는 것은 밥, 돈, 잣대에 매이지 않는 마음이다. 무엇에도 매이지 말아라. 매이지 않은 마음이야말로 우리를 우리답게 만들고, 행복이 깃을 접으며 내려앉을 곳이다.

정호승, 『여행』, 창비, 2013

나는
흰눈 소담하게 맞고 서 있을 가문비나무
이마가 되리

겨울 금파리에 가야겠네

이경교
1958~

금파리는 낯선 지명이다. 임진강 물길 지척 파주 어디쯤의 북쪽 마을인가 보다. 매운 추위가 머무는 곳. '겨울 금파리'는 "낯빛 파리하게 질려" 있고, "정신만 새파랗게 응고되어" 있는 곳. 하늘은 시퍼렇고, 그 아래 들판은 헐벗은 채 펼쳐져 있고, 언 강물 속에는 민물장어들이 헤엄치는 금파리! 그 시린 풍경 속에 서면 나태한 정신은 한파를 견디며 수직으로 꼿꼿한 "가문비나무 이마"같이 단단해질 수 있을까. 무른 정신에는 담금질이 꼭 필요하다. 겨울이야말로 무딘 정신의 날을 벼릴 수 있는 계절이다. 한파가 몰아치는 곳, 그 금파리에 가면 "황량한 겨울 벌판 끝에서 추위"에 떨며 제 이마를 단단하게 담금질하고 서 있는 누군가를 만날 수 있을까.

이경교, 『수상하다, 모퉁이』, 미네르바, 2003

하늘이 함부로 죽지 않는 것은
아직 다 자라지 않은 별들이
제 품 안에 꽃피고 있기 때문이다

반성

류근
—
1966~

류근 시인은 자칭 '삼류 트로트 통속 야매 연애시인'이다. 유독 엎어지고 깨진 연애가 많았던가, 그의 연애시는 감미롭고 읽을 만하다. 그도 풍비박산을 겪고 풍찬노숙하며 동가식서가숙(東家食西家宿)하던 시절이 있었다. 태어난 것을 자책하며 죽을 생각에 매달리던 그에게 용기를 준 건 하늘이다. 게으름이나 딴청 피울 줄 모른 채 여여(如如)한 하늘을 배우자고 청유한다. "하늘이라고 왜 아프고 서러운 일 없겠느냐"라고, "어찌 절망의 문턱이 없겠느냐"라고. "저 굳센 하늘"을 보며 끝까지 살아보자고!

류근, 『상처적 체질』, 문학과지성사, 2010

이 세상에 나오면
일곱 번 다시 태어나세요—

일곱 번째 사람

아틸라 요제프
Attila József, 1905~1937

아틸라 요제프는 비누 공장 노동자와 세탁부를 하던 부모 사이에서 태어난 헝가리의 민중 시인이다. 가난한 집안에서 나고 자라면서 온갖 노동을 다 했다. 그가 부다페스트 대학교 재학 중 국립학생구제기금 신청서에 쓴 이력을 보면, 그는 과외 선생, 신문팔이, 선박 급사, 도로포장 노동자, 경리, 은행원, 책 외판원, 신문 배달원, 속기사, 타이피스트, 옥수수밭 경비원, 시인, 번역가, 비평가, 배달원, 웨이터 조수, 항만 노동자, 공사장 인부, 날품 노동자 등 열아홉 개의 직업을 전전한다. 그는 가난과 불운이 삼킬 수 없을 만큼 꿋꿋했으나 결국 서른두 살 때 가난과 노동으로 얼룩진 생을 화물열차에 던져 마감했다. 시인은 사람이 요람에서 무덤까지 가는 동안 일곱 번 태어나야 한다고 말한다. 일곱 번 태어나면 일곱 겹으로 산다. 일곱 겹에는 "가난한 사람들이 이기도록 도와주는 사람", "몸이 부서지도록 일하는 사람", "밤새도록 달을 바라보는 사람"도 있다. 여섯 번으로는 부족하다, 기어코 한 번 더 태어나야만 한다. 일곱 겹을 산 뒤 비로소 눈보라와 광란 같은 현실의 수압을 견디며 꿋꿋하고 숭고하게 살 수 있으니!

아틸라 요제프 지음, 공진호 옮김, 『일곱 번째 사람』, 아티초크, 2014

열대여섯살짜리 소년이 작약(芍藥)꽃을 한아름
자전거(自轉車)뒤에다 실어 끌고 이조(李朝)의 낡
은 먹기와집 골목길을 지내가면서 연계(軟鷄)같
은 소리로 꽃사라고 웨치오.

한양호일(漢陽好日)

서정주

1915~2000

먹기와집 처마들이 잇댄 서울 북촌 골목길에서 벌어진 일이겠다! 소년이 작약 꽃다발을 자전거 뒤에다 한 아름 싣고 "꽃사려 꽃사려" 외치며 지나간다. 골목에 퍼지는 소년 목소리는 어린 닭처럼 앳되나 그 기상은 구김살 없이 늠름하다. 소년은 어쩌자고 "꽃장수 꽃장수 일루와요" 부르는 소리도 알아듣지 못하고 앞으로만 달리는 걸까. 세상일은 조금만 어긋나도 동티가 나지만 꽃을 사고파는 일쯤이야 어긋나 거래가 이루어지지 않아도 좋았다. 하늘은 옥색이고 햇빛이 화창하니, 방울소리는 얼마나 명랑하게 공중에 파문을 지으며 퍼져나가겠는가! 그까짓 작약꽃 한 다발 들여놓지 못한다고 무슨 대수랴! 바라건대, 우리의 나날이 작약꽃을 들일 만큼만 여유가 있는 그런 호일(好日)이면 딱 좋겠다.

서정주, 『동천』, 민중서관, 1968

그러면 세상의 근시들은 보게 될까?
체 안의 어떤 허공이
하늘 밖으로도 펼쳐 보이는 푸름을

가을 근시

김명인
———
1946~

노자는 "하늘은 하나를 얻으니 푸르름이요〔天得一以淸〕"(『노자』, 39장)라고 했다. 가을 하늘은 푸름의 심연이다. 하늘 밖의 무한 허공을 품어 깊이가 가늠되지 않는 푸르름! 저 푸른빛의 피안 앞에서 나는 더 이상 슬픈 생각을 하지 않으려 한다. 때는 가을, 바쁜 나날을 헤아려봐도 붉은 근심 하나 없을뿐더러, 나는 담즙을 토해내지도 않고 두통이나 신경쇠약도 없으니까! 가을 근시가 되어 영혼을 단련하고, 목전의 절망과 비참 따위는 거들떠보지 않으련다. 저 하늘의 푸름 아래 고요히 단풍 드는 나무와 숲들, 익어가는 과물(果物)과 들의 풍성한 곡식들, 그리고 화창하기만 한 당신의 모습만을 보려 한다.

김명인, 『여행자 나무』, 문학과지성사, 2013

네 잘못이 아니다
홀로 떠 있다고 울지 마라

외딴섬

홍영철

1955~

인간의 고독을 위로하는 이 시를 일부러 오독한다. "홀로 떠 있다고 울지 마라"라는 시구에서 엉뚱하게도 파괴적 포유류의 시대 다음 세기는 고독의 시대가 될 것이란 어떤 석학의 예언을 떠올린다. 인간 종 중심주의로 인해 지구상의 생물 종들은 빠른 속도로 멸종되어간다고 한다. 인간은 다른 생물 종에게 악영향을 끼친다는 점에서 명백히 유해 동물이다. 지구 생태계에서 생물 종들의 멸종 뒤에도 이 파괴적인 종은 저 혼자 살아남겠지만, 결국 생물 종과의 공존 없이는 종말밖에 없다는 엄중한 진리를 깨닫게 되겠지. "외딴 섬"이 되었다고, 그렇게 홀로 남았다고 울지 말고, 더불어 함께 사는 방식을 찾아야겠지.

홍영철, 『여기 수선화가 있었어요』, 문학과지성사, 2012

쨍쨍한 칠월 햇발은 고요히도
아담한 빨래에만 달린다.

빨래

윤동주
———
1917~1945

빨래를 미루는 일은 어리석다. 빨래는 머리를 쓰지 않고, 자기쇄신의 명랑함과 정신적 성숙을 드러낼 수 있는 계기를 만든다. 혼자 살 때 심신이 무료하면 빨래를 하고 마르기를 기다려보곤 했다. 빨래가 마르는 오후, 비활성화된 시간은 느리게 흐르고 사방은 고요하다. 수정 같은 고요 속에서 우리는 자신과 타인에 대한 관용을 키우며 홀연 모욕과 수치에서 벗어난다. 빨래가 뽀송뽀송 마르는 오후가 주는 선물은 심심함과 먼 곳의 아우라에 대한 예감이다. 이 심심함 속에서 우리는 제가 나아갈 바를 혼자서 결정하고 생의 침묵들을 견뎌낸다.

윤동주 등 지음, 김종철 엮음, 『이육사/윤동주』, 지식산업사, 1980

나는 내 짐승의 일부
이 그림자를 밟고 서서 무엇도 되지 않으리

빛나는 시간

유희경

1980~

누구에게나 휴식과 멈춤이 반드시 필요하다. 신경과학자들은 타임 푸어(Time poor)들의 뇌에서 사고하는 영역이 눈에 띄게 줄어든다고 말한다. 반면 속도를 늦출 때 뇌가 커지고 공포중추는 작아진다고 한다. "나는 내 짐승의 일부"라고 말하는 사람은 늘 바쁜 사람이 아닐까. 시간에 쫓기면서 무엇이 되고자 하는 사람은 불행하다. 시간이 "내 살과 뼈와 여자와 개"를 뚫고 지나간다. 명상과 침묵을 하며 시간이 느려지고 멈추는 걸 경험해보라. 하루 27분간만 자기 신체 느낌에 집중하면 대뇌 회백질이 증가한다는 학계의 보고도 있다. 뇌의 물리적 구조가 바뀌는 것이다. 느긋한 마음으로 지금 이 순간에 집중하라! 이 느긋함 속으로 행복이 깃든다.

유희경, 『오늘 아침 단어』, 문학과지성사, 2011

어둠을 뒤집어쓴 채 생애라는 낯선 말을 되새
김질하며 살았다.

달걀

고영
―――
1966~

새들만 알에서 나오는 게 아닌 모양이다. 누구는 더 착해
지기 위해, 혹은 더 강해지기 위해 알에서 기다린다. 부화되
기 전까지는 미분화된 상태에 머무는 알들. "물속에 가라
앉은 태양이 다시 떠오를 때까지 있는 힘껏 외로움을 참아
야 했다."라는 구절이 가슴을 친다. 어둠을 뒤집어쓴 채 참
는 거라면 나도 일가견이 있다. 젊은 시절 창을 닫아걸고 오
래 알 속에 머무른 적이 있었으니까. 시립도서관에 스스로
를 유폐하고 한사코 세상으로 나가지 않으려 했다. 왜 그랬
을까? 바로 사람으로서의 특권과 그 행사를 제 의무 속에 집
어넣으려면 숙성의 시간이 필요했기 때문이다.

고영, 『딸꾹질의 사이학』, 실천문학사, 2015

라일락이나 은행나무보다 높은 곳에 살지 않겠다
초저녁 별빛보다 많은 등을 켜지 않겠다

오늘의 결심

김경미
1959~

인간의 난관과 불행은 땅에서 벗어나 라일락이나 은행나무보다 더 높은 곳에서 살고 초저녁 별들보다 더 많은 등을 켜는 것에서 시작되었을지도 모른다. 건물들이 높아졌다고 인류의 꿈이 더 높아졌다는 증거는 어디에도 없다. 백열등이 발명된 뒤 인류 평균 수면시간은 한 시간이나 줄었다 한다. 수단은 진보했으나 목표는 한 뼘도 더 높아지지 못한 탓이다. 더 많이 일하고 더 많은 물건들을 사들이고 더 큰 집에 사는데 기쁨과 보람은 늘지 않는다. "제 발목보다 가는 담벼락 위를 걷는" 갈색 고양이들아, 벌이가 시원치 않고, 누추한 집에 산다고, 삶이 밋밋하다고 상처받지 말라. 더 행복해지고 싶다면 나날의 삶에 자족하고 범사에 기뻐하며 웃어라. 웃고 노래하고 춤추라! 행복해서 노래하고 춤추는 것이 아니라 노래하고 춤추기 때문에 행복해지는 것이다.

김경미, 『밤의 입국 심사』, 문학과지성사, 2014

새떼가 몇 발짝 떨어진 나무에게 옮겨가자
나무상자로밖에 여겨지지 않던 나무가
누군가 들고 가는 양동이의 물처럼
한 번 또 한 번 출렁했다

아침

문태준
1970~

어둠을 가르며 해가 떠오르자 누리에 빛이 돌고, 잠 깬 생명들이 역동하는 하루가 열린다. 아침이다! 어제의 피로, 어제의 슬픔, 어제의 죄는 밤이 다 씻어간 탓에 기진(氣盡)하던 것들이 소생하고 천지간에 활력은 넘친다. 시인은 새들이 재잘거리는 활기 넘치는 아침 풍경을 산뜻하게 소묘한다. 키 작은 나무가 있고, 나무 주변으로 새떼가 날아든다. 새들은 분주한 몸짓들을 보여주는데, 우르르 내려앉고, 나무를 출렁이게 하고, 열매를 쪼고 꽁지를 들썩이며 똥을 누기도 한다. 대개 아침 기운은 정결하고 신성하다. 문명을 등지고 숲 속으로 들어갔던 헨리 데이비드 소로는 "아침에 일어나서 연못의 물로 몸을 씻는다. 그것이 종교다"라고 말한다. 아침의 정기를 내면에 품고 사는 사람은 무구(無垢)하다. 아침이 품은 이 정기를, 이 무구함을, 시인은 한 양동이의 출렁이는 물로 은유한다. 아침 누리에 금빛 가득 찬 것은 좋은 징조다. 해가 떴는데도 아직 침상에 누운 자들이여, 벌떡 일어나시라!

문태준, 『먼 곳』, 창비, 2012

그의 가방에는 구름이 가득 차 있다.
그가 평생 벌어 온 것은 먼지였을 뿐

먼지의 밀도

한용국
─────
1971~

평생 벌어온 것이 먼지뿐이라니! "기억이란 쓸모없는 것"이라니! 겨우 마흔 중반에 이른 시인이 이렇듯 삶을 부정하고 있다. 이게 다 내면 에너지가 바닥났기 때문이다. 이런 상태를 심리학에서는 번아웃 증후군(burnout syndrome)이라고 한다. 기력을 다 소진하고 심한 피로상태에 빠진 사람들은 무기력증과 자기혐오에서 벗어나지 못한다고 한다. 시인은 운동화에 그려진 표범이 "발톱과 근육을 잃은 지 오래"라고 썼는데, 실은 제 내면의 원시적 힘이 사라지고 없는 것을 에둘러 말하는 것이다. "먼지로 가득 찬 가방"을 끌어안고 헤매는 그의 모습이 안쓰럽고 애잔하다. 그에게도 이런 고갈과 탈진의 날들을 발판 삼아 힘차게 도약할 수 있는 날이 올까?

한용국, 『그의 가방에는 구름이 가득 차 있다』, 천년의시작, 2014

착해지지 않아도 돼.

무릎으로 기어 다니지 않아도 돼.

기러기

메리 올리버

Mary Oliver, 1935~

성급한 마음이 봄의 전조들을 끌어당긴다. 버드나무는 연초록 잎을 피우고, 공중에는 미나리향이 퍼지겠지. 이른 봄 마른 덤불에는 아침 햇빛이 화관(花冠)처럼 반짝이고, 청명한 하늘에 종달새 높이 떠서 지저귀겠지. 봄이 해마다 축복처럼 돌아오는 세상에서 끔찍한 불행과 고통에 짓눌린 채 살아간다는 게 믿기지 않는다. 너의 절망을 말해보렴. 내 절망도 말할 테니. 패악과 부조리가 전횡하는 세상이라도 꺾이지 말고 꿋꿋하게 살자. 사랑하는 것들은 그냥 사랑하게 두고, 절망은 절망 그대로 견디자. 슬픔 이상으로 슬퍼하지 말고, 딱 제 상처만큼만 아파하자. 기러기는 날아갔다가 추워지면 다시 돌아올 테고, '당신이 누구든 얼마나 외롭든' 상관하지 않고, 세계는 잘 굴러갈 테니까. 더 이상 착해지지 말자. 더 이상 무릎을 꿇거나 기어 다니지도 말자.

메리 올리버 등 지음, 류시화 옮김, 『사랑하라 한 번도 상처받지 않은 것처럼』, 오래된미래, 2008

내 팔뚝만한 새 한 마리

느릅나무 가지에 앉아 머리보다 높게 꽁지를 하

늘로 올리고

(……)

하늘의 유리창을 닦더니

허공

유승도

1960~

134

새 한 마리가 꽁지를 하늘로 올려 "하늘의 유리창"을 닦는데, 이때 하늘은 해와 달과 별의 고장이다. 허공은 천문 지리의 바탕이고, 낮과 밤, 날과 계절의 원천이다. 사람은 허공을 머리에 이고, 발은 땅을 밟고 우뚝 선다. 허공은 곧 하늘이니, 『예기』는 "하늘이 상(象)을 드리우고, 성인(聖人)은 그것을 본받는다"라고 했다. 허공은 만물을 화육하고, 나고 죽는 것들이 변화하고 순환하는 도(道)를 품는다. 이것은 커다란 거울이어서 땅에서 일어나는 천변만화의 일들을 되비춘다. 그래서 일월성신에 일어나는 변화를 통해 때의 맥락과 주기를 살피려는 이는 늘 하늘을 올려다본다.

유승도, 『차가운 웃음』, 랜덤하우스코리아, 2007

비가 내리거나 시럽을 듬뿍 넣은 카페라테를 마
시거나 비가 내리거나 외롭지 않기 위해 동물원
에 가거나 비가 내리거나 흔들리며 흔들리며 비
가 내리거나

무엇이 오는 방식

여성민
———
1967~

낮엔 동물원을 다녀오고, 저녁엔 시럽 듬뿍 넣은 카페라 테나 마시자. 친절한 여자와의 연애는 깨지고, 빌리 조엘의 노래에서 위로를 구하던 마음도 시뜻해졌다. "근원이 말갈(靺鞨)의 백산(白山)에서 출발했으니 물빛이 오리 대가리빛처럼 푸르다 하여, '압록강(鴨綠江)'이라고 한다"라는『열하일기』를 들춰봐도 별다른 감흥이 일지 않는다. 낮술이나 마셔볼까 하지만 다들 바쁘니 불러낼 사람이 없다. 여느 날과 다름없는 하루, 온종일 비는 오락가락. 심심하고, 외롭고, 우울하다. 눈썹과 눈썹 사이만큼 우주는 광막하고, 딱딱한 빵이나 씹으며 사는 일은 비루하고 밋밋하구나.

여성민,『에로틱한 찰리』, 문학동네, 2015

지붕만큼 부푸는 치마를 갖고 싶어
여자는 집을 나왔네

물울

신영배
_____
1972~

'물울'은 신영배 시인이 발명한 지명이다. '물'과 '울'이 합해져서 이루어진 이곳은 지도에는 없고 오직 상상의 지리학에만 있다. 아마도 물이 많은 고장이리라. "물울"에서는 "물사과"를 먹고 "향기로운 물모자"를 쓰고, 바닥에는 "물뱀"들이 긴 몸을 끌고 다닐 터. 신영배의 여성 자아들은 집을 나와 한사코 그 '물울'을 향하여 간다. 왜 그럴까? 여자가 집을 나온 것은 "지붕만큼 부푸는 치마"가 갖고 싶었기 때문이다. '물울'로 향한다는 것은 모든 악덕과 속박에서의 자유이고, 느른함에서 벗어나 솟구치는 기쁨을 찾는 일일까? 사람은 70퍼센트가 물로 이루어졌으니, 인류는 저마다 길쭉한 부대 속에 작은 바다 하나씩을 안고 사는 셈이다. 저 아득한 물의 마을에 이끌리는 것은 본능일까? 제 안의 물들이 미지근해지는 외로운 저녁이면, 문득 그 '물울'이 어딜까, 하고 가만히 생각해본다.

신영배, 『물속에 피아노』, 문학과지성사, 2013

너는 조선의 눈빛
거문고 소리로만 눈을 뜬다

백자 항아리

허윤정
———
1939~

백자 항아리는 비례와 대칭이 완벽하지 않다. 이 부정형의 백자 항아리는 풍성한 보름달을 닮아 '달 항아리'라고 부른다. 백자 항아리는 보는 이의 마음을 넉넉함으로 이끈다. 미술사학자 최순우는 "흰빛의 세계와 형언하기 힘든 부정형의 원"으로 된 달 항아리를 한국 미의 원형으로 꼽고 그 소박미(素朴美)를 찬미했다. 김환기 화백도 "내 예술의 모든 것은 달 항아리에서 나왔다"라고 말할 정도로 일그러진 백자 항아리를 사랑하고 즐겨 그렸다. "조선의 눈빛"이고, "거문고 소리"에만 반응하며 눈을 뜨는 이것! "오백년/마음을 비워도/다 못 비운 달 항아리"에게서 우리가 배울 것은 '마음 비우기'다.

허윤정, 『겹매화 피어 있는 집』, 연인, 2010

풋감이 떨어져 잠든 도야지를 깨우듯
내 발등을 서늘히 만지고 가는

속삭임

장석남
1965~

‘솔방울 구르다가 멈추는 소리’라니, 사위(四圍)가 귀를
쫑긋 세우고 고요를 염탐하고 있다는 뜻. 우리 시대는 소음
들이 번창하고, 잡음어(雜音語)만 득세한다. 바야흐로 난청
(難聽)의 시대다. 큰 소리를 내야만 겨우 알아듣는다. 그러
니 속삭임들은 발붙일 데가 없다. 어쩌다 고요라는 짐승과
마주쳐도 서먹하다. “새벽달 깨치며 샘에서/ 숫물 긷는 소
리”, ‘잠든 도야지 깨우는 풋감 떨어지는 소리’! 이런 청량
한 고요는 거의 천연기념물이나 마찬가지다. 찾아보기 힘들
다. 고요가 다녀가는 기척을 못 듣고 산 지 오래되었다. “발
등을 서늘히 만지고 가는” 고요를 채록하는 자로 평생을 살
고 싶다. 고요 속에서 태어나는 시만이 소음과 잡음어의 폐
해를 무찌를 수 있다. 시는 한없이 낮은 속삭임과 한 부류니
까. 시와 속삭임들이 더 넓게 번져야만 세상이 더 평화로워
지고 살 만해진다.

장석남, 『젖은 눈』, 솔, 1998

당신 너무 보고 싶어
만리포 가다가

만리포 사랑

고두현
———
1963~

사는 게 진절머리 난다면 천리포, 만리포 가다가 서해대교 위에 멈춰 서서 "홍시 속살 같은" 타는 노을을 보라! 저 노을이 만물에게 "바알갛게 젖 물리"는 모습이나 하염없이 보라! 자연은 젖을 물려 만물을 길러낸다. 해는 아침에 뜨고 저녁엔 서쪽으로 지는데, 이 해의 은총 속에서 식물들은 꽃을 피우고 사람은 사랑을 하며 아기들을 낳고 산다. 괴테는 "태양 속에 존재하는 신의 빛과 생산 능력을 숭배한다"라고 말했다. 여전히 첫눈에 반해 사랑에 빠지는 이들이 있고, 도라지밭에서는 도라지꽃이 피고 감자밭에서는 감자알들이 커간다. 세상은 아직 살 만한 것이다.

고두현, 『물미해안에서 보내는 편지』, 랜덤하우스코리아, 2005

딱딱한 모자 속에 전구를 켜고
누가.밤보다 더 어두운 방으로 숨어드나.

식물의 밤

이성미

1967~

어둠이 세계를 덮는 밤은 거대한 빛의 무덤이다. 소설가 생텍쥐페리가 말했듯 밤은 "인간이 자아의 파편들을 다시 조립하고 고요한 나무와 함께 성장"하는 시간이다. 야행성 동물들은 캄캄한 어둠 속에서 눈에 불을 켜고 포획한 짐승의 피를 빨고 살점을 뜯는다. 이 유혈 낭자한 동물의 밤에 견줘 식물의 밤은 상대적으로 고요하다. 제 자리에 직립한 채 고요의 형상을 빚는 식물의 밤은 고요하기만 할까? 시인은 밤에 "누가 부러진 허리를 세우며 피리를 부나."라고 묻는다. "꽃잎은 으깨지고 줄기는 휘어"진 채 '피리를 불어야 하는' 식물의 밤도 있음을 알린다.

이성미, 『칠 일이 지나고 오늘』, 문학과지성사, 2013

다 저녁때 오는 비는 술추렴 문자 같다

저녁비

정수자
———
1957~

148

비가 추적추적 내리는 저녁때 목구멍이 근질근질하다. 살이 차진 민어회 몇 점, 혹은 두텁게 썰어 구운 돼지고기 몇 점, 찬술 한 잔이 간절해지는 것이니, 술추렴 문자 한 통이 이렇게 반가울 수가 없다. 몸보다 마음이 먼저 기쁨에 넘쳐 날뛰니, 하던 일 허둥지둥 접고 콧노래 부르며 뛰쳐나간다. 비는 술을 부르고, 술은 젊음과 오만과 기쁨을 부른다. 술의 열락(悅樂)이 사랑을 싹트게 하고 우정도 키우는 법! "다 저녁때 오는 비는 술추렴 문자 같다", 아하, 첫 줄이 마음을 꿰뚫는다!

정수자, 『탐하다』, 서정시학, 2013

횃대에서 푸드덕이다 떨어지는 닭,
다시 올라갈 수 있을까?

가을 저녁의 말

장석남
1965~

150

나뭇잎은 물들고, 물든 나뭇잎들이 뚝뚝 떨어지는 저녁, 여름 지나 어느덧 가을 저녁. 내 스스로 삶과 운명 따위를 통제할 수 없다는 것에 절망하고, 『주역』을 뒤적이며 선험과 예지를 구하던 시절이 있었다. 그런 가을 저녁은 대체로 고요하고 평화스러웠는데, 그 평화 속에서 몸과 마음이 어김없이 깊은 내상(內傷)을 남기는 전쟁을 치르곤 했다. 조락(凋落)과 더불어 온 가을 저녁 으스름 속에서 천지간을 물들인 고요와 "게으른 평화"를 집어내는 시인의 시력은 참 놀랍다. 저녁은 고요에 잠겨 있는데, 하늘에는 "윽박질린 달"이 뜨고, '국방색 모래자루들에서는 모래가 게으르게 흘러내리고, 문득 횃대에서 추락한 닭은 날개를 푸드덕'거린다. 그건 달과 모래자루와 닭이 감당해야 할 소임이었던 것이다. 아궁이에 군불을 때고 아랫목에서 등을 지지며 생각하니, 이 가을 저녁 우주 속에 펼쳐진 최대의 난제는 과연 횃대에서 떨어진 닭이 다시 횃대에 올라가 평화스러운 잠을 잘 수 있을까, 하는 것이다.

장석남, 『고요는 도망가지 말아라』, 문학동네, 2012

인생은 그 자체가 무(無), 빈 잔,
주단 깔리지 않은 계단일 뿐.

봄

에드나 빈센트 밀레이
Edna St. Vincent Millay, 1892~1950

1980년대, 출판사를 경영할 때 시인 최승자가 영문판 시집을 들고 와 번역해 내자고 했다. 그래서 나온 게 빈센트 밀레이 시집이다. 인생은 "무(無), 빈 잔, 주단 깔리지 않은 계단"이다. 인생을 암울한 눈으로 보았던 밀레이는 '4월이 재잘대며 도처에 꽃 뿌리며 돌아온다'고 썼다. 2014년 4월, 큰 재난을 겪고, 나라가 비탄에 잠겼었다. 한 해가 지나 다시 4월을 맞는다. 이제 4월은 해마다 눈물의 달이다. 4월은 어쩌자고 다시 돌아오는가! 아직도 솟는 눈물 마르기에는 꽃 피는 4월만으로 충분치 않다. 잔인한 4월아! 백치 같은 4월아! 찢긴 가슴 아물게 꽃으로 문질러다오!

빈센트 밀레이 지음, 최승자 옮김, 『죽음의 엘레지』,
청하출판사, 1988

어리석은 자여, 이제 환멸도 잔치가 아니다
세상은 단정한 신사들의 것

치자꽃 지는 저녁

오민석
1958~

치자나무는 꼭두서니과의 상록활엽관목으로 늦봄에서 초여름에 걸쳐 하얀 꽃을 피운다. 늦봄 저녁, 치자꽃 지는데 혼자 "실비동태집"에서 술을 마시는구나. "아무도 담배를 피우지 않고/아무도 과음하지 않는" 시대에 문득 제 자신이 가여워졌나 보다. 걸핏하면 통음(痛飮)하던 시인들이 사라지자 "세상은 단정한 신사들의 것"이 되고 만다. 그들이 고안해낸 게 신자유주의 체제다. 부자를 더 부자로 만들고, 가난한 자들을 더 가난하게 만드는 그들을, 더 나은 세상을 만든다고 큰소리치는 그들을, 나는 믿지 않는다. 사는 게 갈수록 팍팍해지고 환멸스럽다! 힘들 땐 나도 혼자 안성시장 영동집에서 얼큰한 두부찌개를 놓고 찬술을 마신다.

오민석, 『그리운 명륜여인숙』, 시인동네, 2015

사람들을 볼 때마다 소스라치게 놀랐을
뱀, 바위, 나무, 하늘

소스라치다

함민복
———
1962~

뱀이나 개구리를 만날 때 사람들은 소스라친다. 그러나 뱀이나 개구리가 더 놀란다는 것을 사람들은 모른다. 뱀은 겁 많고 청각이 예민해서 작은 기척에도 소스라쳐 달아난다. 뱀, 바위, 나무, 하늘은 본디 그러함으로 늠름하니, 사람에게 그들을 놀라게 할 권리는 없다. 뱀에게 악업(惡業)의 굴레를 씌우고, 간계와 교활의 낙인을 찍어 혐오를 조장한 게 누구더냐? 바로 사람들이다. 종달새가 어여쁘다면 뱀도 그러할 것이다. 이 생령들을 사랑스런 눈으로 바라보자. 그러면 즐겁고 활력이 솟는다. 뱀을 만나더라도 너무 호들갑 떨지 말자.

함민복, 『말랑말랑한 힘』, 문학세계사, 2005

딸애들처럼 웃자라서,
내 팔을 빠져나가는 날들.

한여름, 토바고

데릭 월컷
Derek Walcott, 1930~

한여름의 토바고에 가본 적이 없다. 물론 넓은 해변들이 있다는 토바고에 이모나 고모들이 살지 않는다. 스무 살 때 내 스스로 가슴을 겨냥해 쏜 총알을 맞고 마흔 살에 죽지는 않았더라도, 내가 평생 토바고를 가 볼 일은 없다. 넓은 해변들, 푸른 강물, 노란 야자나무들이 자라는 이국의 고장! "하얀 더위. / 푸른 강물."의 대조가 눈이 아프도록 시리다. 토바고에도 여름이 오면 사람들이 물놀이를 하려고 해변으로 몰려간다. 8월은 견디기 힘들 만큼 무더우니까. 누군가 집에 남아서 꾸벅 졸고 있을 때 세월은 "딸애들처럼" 웃자란다. 그 웃자란 딸들이 덧없이 팔을 빠져나간다.

데릭 월콧 지음, 이영철 옮김, 『데릭 월콧 시전집 1948-1984』, 한빛문화, 2010

작은 분홍색 알약을 먹는 가을 아침에
분홍색은 아프다

분홍색은 아프다

박정남
———
1951~

분홍색 알약을 먹는 사람에게는 분홍색 알약을 먹는 기분
이 있을 테다. 심상한 기분으로 가을 아침을 맞는 건강한 사
람과는 사뭇 다른 기분이겠지. 하늘은 높고 청량한데, 그 하
늘 아래서 나비들이 "자개처럼 쪼개지며" 날개를 파닥인
다. 찰나 속에서 날개를 파닥이는 일이 곧 나비의 삶이다. 아
프면 아픈 대로, 의욕이 없으면 없는 대로 우리는 파닥이며
살아간다. 천지간에 청량함이 물들며 번지는 이런 가을날
아침, 몸이 아파 분홍색 알약을 삼키는 사람의 슬픔을 가만
히 짚어본다.

박정남, 『꽃을 물었다』, 시인동네, 2014

죽은 이들이
봉오리 틔우고 꽃 피우리.

시간의 눈

파울 첼란

Paul Celan, 1920~1970

시간은 지속하는 것의 분할이다. 삶이 지속하는 '지금'을 무한으로 쪼갠다면, 해에서 달로, 달에서 주로, 주에서 날로, 날에서 시간으로, 시간에서 분으로, 분에서 초로, 초에서 밀리초로, 밀리초에서 나노초로, 나노초에서 펨토초로 미세한 분할이 가능하다. 인생 짧다고 한탄하지 마라! 펨토초의 차원에서 인생은 거의 무한이고 영겁이다. 어떤 사람에겐 그 무한과 영겁을 감당할 내구성이 부족하다. 파울 첼란은 가족을 나치의 가스 처형실에서 잃고 혼자 살아남았다. "죽은 이들이/봉우리 틔우고 꽃 피우"기를 바랐다. 하지만 첼란은 이 불가능한 꿈을 안고 흐르는 삶을 견디지 못하고 나이 쉰에 센 강에 투신자살한다.

파울 첼란 지음, 김영옥 옮김, 『죽음의 푸가』, 청하, 1986

네 손아귀에 휘둘리던 머리채를 눕히고
너를 기다리겠다
오지 않아도 좋아, 기다리기만 하겠다

희망에게

유영금

1957~

희망이 절망의 친인척인 게 분명하다. 절망과 붙어 다니고 절망 한가운데서만 일어서는 희망의 역설! 희망은 가건물이고, 거미줄이다. 그 안에서 살 수 없고, 밟으면 허방이다. 희망이 머리채 붙잡고 흔들 때 그 모욕을 견딘 것은 그마저 놓으면 살 수 없었기 때문이다. 눌리고 따돌리고 병든 삶의 하중을 감당하느라 등이 휜다. 번번이 당하면서도 그 가느다란 끈을 놓지 못한다. 감옥에서, 병실에서, 독방에서. 그러나 희망은 우리를 얼마나 자주 배반하던가!

유영금, 『봄날 불지르다』, 문학세계사, 2007

죽는다

머리에 흰 눈[雪]을 쓰고 서 있는
은빛 갈대들에게 배웠네.

늙어가는 법

송하선

1938~

"은빛 갈대들"은 백발이 성성한 노년을 은유한다. 인생이 시간이란 유한자본을 판돈 삼아 벌이는 노름이라면, 몸과 정신이 쇠락하고 생의 에너지가 고갈되어 여러모로 힘든 노년은 판돈이 간당간당한 노름꾼의 처지와 같다. 하지만 그것은 노년의 일면이다. 달리 보면, 노년은 만년의 지혜로 가득 찬 때고, 쇠약과 고통에서 벗어나 생의 저편으로 떠나는 아름다운 이행의 시기다. 생이란 반복 없는 일회성으로 이루어진 탓에 노년은 처음 맞는 여행이다. 이가 빠지고 등뼈가 굽었다고 탄식하지 마라! 탄식과 후회는 뒤로 밀쳐두고, 미지의 기쁨을 품은 이 새로운 여행을 즐길 준비를 하라!

송하선, 『그대 가슴에 풍금처럼 울릴 수 있다면』, 발견, 2011

나는 늘 다른 세상으로 가고자 했으나
닿을 수 없는 내 안의 어느 곳에서 기러기처럼 살았다

산그늘

이상국
1946~

강원도 내설악에는 어머니가 젖을 물린 채 무심히 보는 산그늘들이 자랄 테다. 그 젖을 물고 자란 아이는 어느덧 어른이다. 키운 것은 어머니의 젖만이 아니다. 산그늘도 그의 성장에 알게 모르게 힘을 보탰으리라. "늘 다른 세상으로 가고자" 하는 동경은 가슴에 별을 품는 기획이다. 고향이란 가난, 병, 개밥바라기별, 비참, 어머니 등등 내력(來歷)이 고색창연한 그 무엇이다. 누군들 그 낡은 것에서 자유롭고 싶지 않았으랴! 출향은 곧 고통스러운 실향이다. 그래서 고향을 뜨지 못한 채 기러기처럼 산 사람도 있을 테다. 설악 언저리 고장을 뜨지 못한 채 붙박이로 살며 산그늘이나 바라보는 것이다.

이상국, 『뿔을 적시며』, 창비, 2012

구멍가게는 또 몸을 덜덜 떠는 기쁨들에게 병을,
끝장을 팔려고 불을 켠다

구멍가게 ─ 중독자를 위로함

이영광

1965~

달동네에는 "중독자"들이 있고, 또 구멍가게도 하나씩은 있기 마련이다. 제 안에 '구멍'들을 가진 사람들이 "간밤에 구멍이 되어 사방으로 끓어넘치"다가 아침 녘에 구멍가게로 들이닥친다. 구멍가게는 이미 볼 장 다 본 사람들이 하루를 연명할 수 있도록 '생수와 생약을 게워주'고, "차고 시원한 구멍들"을 팔기 때문이다. 구멍가게는 끝장을 보지 못하고 다만 끓어 넘치기만 하는 중독자들의 신전(神殿)이다. 서른몇 해 전 부모님이 원서동 골목에서 작은 동네 슈퍼를 하며 채송화 씨방 같은 가난한 살림을 꾸리던 시절이 있었다. 자랑스러울 것도 부끄러울 것도 없는 그 생업의 터전! 그 구멍가게를 작파한 뒤 어머니와 아버지는 꽤 오래 고단한 삶을 꾸리느라 고생하셨다. "저녁이 오면, 피가 마른다"라는 느낌을 어렴풋하게나마 알 것 같다. 피가 마르는 그 시각, 사방에 어둠이 내리면 세상의 모든 구멍가게들은 "몸을 덜덜 떠는 기쁨들에게 병을" 팔고 "끝장을 팔려고", 불을 켠다.

이영광, 『나무는 간다』, 창비, 2013

어디 계신가······ 당신도
반백일 테지?

쉰

윤제림
1960~

174

쉰은 내게는 지나간 나이다. 쉰은 꾀꼬리가 하늘에서 날고, 그 깃이 찬란히 빛나던 청춘의 때에서 멀어져 돌이킬 수 없는 노년의 초입이다. '울음'이 많았던 사람도 쉰에는 슬픔이 고갈되어 더는 울지 않는다. 울음은 붉은 정념과 비례하는 것이니, 울음 없는 삶이란 도약과 방랑의 때가 끝나 더는 꿈도 사랑도 없이 쇠락과 무의 심연, 그리고 망각과 체념만이 남는 것이다. 하지만 추억마저 사라지는 건 아니다. 맑고 푸른 하늘이 이어지는 가을 어느 날엔 간혹 꽃처럼 잘 웃고 새처럼 재잘대던 당신의 안부가 궁금해진다. 어디 계신가? 당신도 이젠 반백일 테지?

윤제림, 『새의 얼굴』, 문학동네, 2013

가만히 차가운 쇠붙이에 살을 대며 묻는 밤이여

이 차가운 쇠붙이의 슬하에는 무엇이 있나

슬하

유홍준

1962~

우리는 다 누군가의 슬하(膝下)다. 슬하란 본디 무릎 아래, 즉 부모의 보호 아래라는 뜻이다. 우리는 어버이의 슬하, 저녁의 슬하, 슬픔의 슬하에서 제 생을 꾸린다. 어미 새의 슬하에 새끼 새가 있고, 어버이의 슬하에 어린 오 남매가 있었다. 세월이 흘러 아버지가 세상을 뜨고, 지난 봄 어머니도 세상을 떴다. 어버이를 여읜 오 남매는 갈데없이 고인의 슬하다. 사람은 늙고 죽는다. 죽은 이에게 남은 것은 뼈의 슬하, 물렁한 살의 슬하뿐이다. 끔찍해라, 그 슬하에 꿈틀거리는 것은 "구더기"들이다! 그 구더기들이 우리의 미래라는 것을 믿을 수가 없다.

유홍준, 『저녁의 슬하』, 창비, 2011

걷는 게 고역일 때
길이란 해치워야 할
'거리'일 뿐이다

세상의 모든 비탈*

황인숙

1959~

178

＊ KBS 문화스페셜 〈세상의 모든 라면박스〉에서 차용.

서른몇 해 전 대한민국이 아름답다고 외치는 노래가 떴다. 군부독재 시대인데, 그 생뚱맞은 가사라니! 민망해서 혼자 낯을 붉히곤 했다. 그 노래에 희희낙락한 자들은 누구였을까. 그 작태는 엄연한 '비탈들'을 애써 가리려는 차폐막이다. 시는 위장과 가면 뒤에 숨은 추악한 민낯 현실을 폭로한다. 누에는 다섯 번 잠을 자고 다섯 번 허물을 벗는데, 현실은 탈피나 탈각을 모른다. 지금도 '폐지 실은 수레를 끌고 비탈을 힘겹게 오르는 노인들'이 많다. 현실이 "가파른 비탈"이고 삶은 노역(勞役)이라는 증거다.

황인숙, 『리스본行 야간열차』, 문학과지성사, 2007

그리고 가난한 우리 식구들, 늦은 저녁 날벌레 달려
드는 전구 아래 둘러앉아 양푼 가득 삶은 감자라도
배불리 먹었으면 좋겠다고 생각했다

옛날 옛적 우리 고향 마을에 처음 전기가 들어올 무렵,

송찬호

1959~

밤은 광학적 사막이다. 본디 밤에는 빛이 희박하다. 야행성 동물은 눈동자의 지름을 키우고 허공의 광자(光子)를 모아 어둠을 잘 보는 쪽으로 진화한다. 야행성 동물의 큰 수정체는 숫제 핏빛 불꽃이다. 반면 사람 눈은 어둠 속에서는 무용지물이다. 아무것도 보지 못한다. 기어코 백열구가 나왔다. 대규모 양계 농장들은 밤새 불을 밝혀 생체교란에 빠진 닭들이 더 많은 알을 낳게 하고, 인류는 한 세기 전보다 한 시간이나 덜 잔다. 혜택이 고루 돌아간 것은 아닌 모양이다. 전기가, 늦은 저녁 전구 아래 양푼 가득 삶은 감자라도 배불리 먹었으면 하는 사람들까지 행복하게 만들었다는 증거는 희박하다.

송찬호, 『고양이가 돌아오는 저녁』, 문학과지성사, 2009

더 이상 생각지 말아라.
지금은 빛나고 휘날리는 금(金)색의 깃발.

시간

김승희
1952~

어렸을 때 시간은 신비 그 자체였다. 나는 삶을 비옥한 꿈의 대지로 가꾸기에도 벅찼다. 어떤 악에도 물들지 않아 옳은 행동만을 일삼는 어린 인류는 천진무구한 채로 시간이라는 "말〔馬〕의 / 고삐"를 틀어쥐고 달린다. 시간은 "금색의 깃발"로 나부꼈다. 나이가 들면 시간의 고삐를 틀어쥘 수가 없다. 순간들의 연쇄는 질서를 잃은 채 엉킨다. 알 수 없는 목적지를 향해 제멋대로 달려가는 시간이라니! 누구나 이 유한 자원을 까먹으며 나이를 먹는다. 시간은 속수무책으로 유한 자산을 강탈하고, 노화와 죽음이라는 종착역으로 달려가면서 생의 주기(週期)라는 원을 닫는다.

김승희, 『흰나무 아래의 즉흥』, 나남, 2014

덧셈은 끝났다
밥과 잠을 줄이고
뺄셈을 시작해야 한다

뺄셈

김광규
1941~

나이가 들수록 '뺄셈'을 하며 살자는 시인의 청유는 지혜롭다. 밥도, 잠도, 욕심도 줄이자. 우리에게 기쁨을 주던 오색(五色), 오음(五音), 오미(五味)도 덜어내고 줄이자. 그까짓 재산 따위도 다 덜어주고 나눠줘서 남은 게 없도록 하자. 그래야 영원한 여행에 나설 때 홀가분할 테니까. 늙어서 '덧셈'은 부질없을뿐더러 누추하기조차 하다. 자꾸 뺄셈을 해서 가벼워져야 삶도 자유로워지는 법. 죽음은 무(無), 인생에서 가장 큰 뺄셈이다! 창가에서 "바깥의 저녁을 바라보면서 뺄셈을" 하는 노(老)시인의 뒷모습은 고적할 뿐만 아니라 엄숙하기조차 하다.

김광규, 『좀팽이처럼』, 문학과지성사, 2001

이빨 빠진 노인네들만 갈갈거리는 철 지난 제비
집 같은 고향

마을 뒤쪽을 에돌다

김선태
1960~

성묫길은 "늘 마을 뒤쪽"으로 돌아간다. "차마 정면 돌파하지 못"한 것은 "추억이 너무 쑤시고 아파"서다. 왜 고향을 아파할까? 변변한 작별 인사도 없이 떠나온 고향은 이미 낯설다. 그 낯섦은 타향살이를 하는 동안 참삶에서 멀어진 탓이다. 누구나 고향에서는 진리의 시간을 보내고 이타주의자로 살지만, 고향 떠나 도시에서 익명으로 떠돌 때 순정을 잃어 때 타고 구질구질해지며 타락한다. 타향살이가 고달팠던 탓이라고 해두자. 꿈속 고향을 낯가림하고 누가 볼세라 에돌아 나오는 것은 몸에 얼룩진 죄와 타락이 부끄러운 탓이다.

김선태, 『그늘의 깊이』, 문학동네, 2014

한 떼의 쇠기러기들이 북쪽으로 날아갔다

주먹만 한 구멍 한 개

이영옥
1960~

언 강바닥을 깨 "주먹만 한 숨통을 뚫은 아버지는" 사는
게 답답했으리라. 삶의 중압감에 눌려 있었을 테다. 그랬으
니 어린 딸의 손을 잡고 강에 나가 얼음을 깨고 숨통을 열었
을 것이다. 그 구멍에서 물고기를 낚기보다는 꽉 막힌 숨이
나 쉬며 한 세월을 견디려고 했을 터. 어린 딸은 애비의 속
도 모르고 신이 나서 '나무토막들을 주워 와서 모닥불을 피
운다.' 세월이 흘러, 아버지는 돌아가시고 주먹만 한 구멍도
사라졌겠지. 다 자라버린 딸은 '제 안에서 커다랗게 입을 벌
린' "깊고 아득한 구멍"을 찾아낸다. 누구나 삶의 한가운데
텅 빈 형식으로서 이런 구멍이 하나쯤 있다. 이 구멍에 귀를
갖다 대면 광인의 울부짖음이나 천 명이 내쉬는 한숨 소리가
울려 나올 때도 있다.

이영옥, 『사라진 입들』, 천년의시작, 2007

아랫마을에서는 애기 무당이 작두를 타며 굿을
하는 때가 많다

삼방

백석
—
1912~1995

‘삼방’은 북한의 강원도 안변군에 있는 한 지명이다. ‘삼방약수’로 불리는 약수로 유명해진 동네라 한다. 시는 단순하지만 생소한 말들 때문에 어렵게 읽힌다. 낯선 말들은 한 세기 전 평안도 사람들이 일상으로 쓰던 방언이다. 첫 소절 “갈부던 같은 약수터”의 ‘갈부던’은 갈대로 엮어 만든 여자애들의 노리개를 가리킨다. “나무뒝치 차고 싸리신 신고”의 ‘나무뒝치’는 나무로 만든 뒤웅박이다. ‘뒝치’는 ‘뒤웅박’의 평안도 사투리다. 삼방약수를 받으려 싸리신 신고 십오 리 길을 산비 맞으며 오던 두메 아이들. 지금도 살아 있으면 다 백발 할아버지, 할머니 되었겠다.

백석, 『정본 백석 시집』, 문학동네, 2007

지금의 나보다 젊은 나이에 죽은 아버지를 떠올
리고는 너무 멀리 와버렸구나 생각했다

환상의 빛

강성은
―――――
1973~

삶이 겨냥하는 제일의적 가치는 '좋음'으로서의 행복인가? 그렇다면 행복은 어떻게 오는가? 미덕의 실천, 영양 섭취, 원만한 인간관계, '좋음'을 지향하는 활동들이 순조로움으로 조화를 이룰 때 사람은 행복하다. "가장 고상한 것은 정의이고, 가장 훌륭한 것은 건강이다. 그러나 가장 즐거운 것은 바라던 것을 얻는 것이다." 델로스 섬의 레토 신전 입구에 새겨진 명구다. 옛날이나 지금이나 행복은 조금도 달라진 바가 없다. 어쩌면 행복은 '환상의 빛'인지도 모른다. 즐겁고 아름다운 것들은 볼 수는 있지만, 영원히 붙잡아 놓을 수는 없으니까.

강성은, 『구두를 신고 잠이 들었다』, 창비, 2009

낮에 보았던 살구나무에 달린 살구들처럼
노랗게 불 켜진 골목을 따라 집들도 불을
켜는 동안 나는 집 앞에 앉아 수학학원 간
딸애를 기다린다.

갈현동 470 – 1번지 세인주택 앞

이승희

1965~

어떤 지명들은 기억을 소환하는 장치다. 몸 담아 살았던 과거의 장소들을 떠올리는 것은 쓸쓸한 일이다. 장소들이 육화된 친밀성이 휘발되어버린, 아주 창백한 그림자와도 같이 가슴을 아리게 하는 기억들을 머금기 때문이다. 기억으로 호명된 장소와 현재적 삶 사이에는 엄연한 '간격'이 있다. 이 시가 제시하는 "갈현동 470 - 1 세인주택 앞"이라는 지명은 현재의 것, 아직은 과거가 되기를 거부하는 장소다. 저녁이 온다. "아리랑 슈퍼 알전구"에 불이 들어오고, 세상에는 "저녁이 아닌 것이 없는 저녁"이 날개를 접고 내려앉는다. 이 저녁에 "사과 궤짝 의자에 앉아 오락"에 열중하는 소년과 수학학원 간 딸애를 기다리는 애비가 서 있다. 막 과거로 진입하려는 이 골목 속으로 "딸아이가 불빛을 따라 헤엄쳐" 오겠지. 이 저녁 풍경은 곧 지상의 가장 따뜻한 온기를 지닌 채 과거를 향하여 쏟아지고 말겠지.

이승희, 『거짓말처럼 맨드라미가』, 문학동네, 2012

그때는 좋았다
사소한 감탄에도 은빛 구두점이 찍혔고
엉터리 비유도 운율의 비단옷을 걸쳤다

호시절

심보선

1970~

좋은 시절은 항상 지나간 시절이다. 오늘 감당해야 하는 고단함과 수고가 크면 클수록 더욱 그렇다. 그때는 가난하고 사는 것이 만만치 않았는데도 지금보다는 다들 행복했다. 뜰의 모란과 작약은 더 화사하고, 앵두나무 가지에는 빨간 앵두들이 다닥다닥 달려 익어갔다. 사람들에겐 덕이 있었고, 작은 성취에도 늘 보람은 더 컸다. 어디에나 "무구한 위대함들"이 반짝거리고, "생각의 짙은 향기"는 넘쳤으니, 그때가 호시절이 아니라면 무엇일까. "왕관인 척 둥글게 잠든 고양이"는 어떤가? 정말 사랑스럽지 않은가? 양친은 살아 있고, 형제자매들은 종아리들이 굵어지고, 이웃들은 느긋했다. 누구나 들길을 쏘다닐 수 있는 여유쯤은 있었다. 우애와 우정이 있던 그 시절, 시간은 기쁨으로 가득 찬 윤무(輪舞)와 같았다. 예전보다 더 많이 가졌지만 지금은 더 가난하고, 더 높은 직책을 가졌지만 기쁨이나 보람은 줄었다. 양친 다 떠나시고 형제자매들도 다 흩어졌으니, 호시절이 다시 오기는 아예 글러버린 것이겠지?

심보선, 『눈앞에 없는 사람』, 문학과지성사, 2011

한 치 두 치 나비 재며 한 냥쭝 두 냥쭝 저울에 달
며 는실난실 날리는 비는

안다미로 듣는 비는

오태환
———
1960~

비는 는실난실 날리고, 달빛은 개밥그릇이나 살강살강 부시고, 별빛은 새금새금 아삭한 맛으로 익어간다. 의태어와 의성어들을 반짝반짝하게 닦아내어 찰랑거리는 빛 속에 가지런히 내놓는 시인의 솜씨가 일품이다. 그것들을 소리 내어 읽으며 말과 말이 부딪치며 내는 맑은 소리에 귀를 기울이며 모국어의 황홀경에 가 닿는다. 때는 동지(冬至), 비는 두 손을 놓고 하늘에서 땅으로 내리는 게 아니다. 제 잣대로 한 치 두 치 나비를 재고, 제 저울로 한 냥쭝 두 냥쭝 무게를 단다. 어디 그뿐인가? 여기저기 발품을 팔고 다니느라 분주하다. "간조롱히 뿌리"고 "새들새들 저무는" 동지 빗소리에 귀를 기울이던 날들은 꽤 괜찮은 시절이었을 테다. 안다미로 내리던 비 그친 저녁 노모가 달그락거리며 저녁상을 차리고, 김 오르는 이밥에 호박전과 호박젓국, 구운 김과 가자미 구운 것을 올린 저녁상 받을 생각에 군침을 삼키던 그 시절이 호시절이 아니면 무엇일까.

오태환, 『복사꽃 천지간의 우수리』, 시로여는세상, 2013

나아갈 길이 없다 물러설 길도 없다
둘러봐야 사방은 허공 끝없는 낭떠러지

아지랑이

조오현
1932~

지나가고, 부서지며, 깨지고, 써버리기 좋은 게 시간이다. 시간이 줄면 그 의미도 준다. 그리고 갑자기 심리적 절벽이 우리 앞을 가로막는다. 이 낭떠러지는 공간의 빈곤이 아니라 차라리 시간의 빈곤이다. 시작보다 의미가 바닥난 끝들이 부쩍 많아지는 것은 노화의 시기에 나타나는 전형적인 시간 빈곤의 징후다. 이때 심리적 위축도 함께 일어난다. "나아갈 길"이 없고, "물러설 길"도 없다. 둘러봐야 허공밖엔 없는 낭떠러지! 시간이 우리를 이 낭떠러지 앞에 데려다 세울 때 우리 안의 무능이 불가결하게 드러난다.

조오현, 『아득한 성자』, 시학, 2007

할머니가 흉곽에서 오래된 기침 하나를 꺼낸다

기침의 현상학

권혁웅
—————
1967~

202

노인들은 자주 아프다. 기억력도 나빠진다. 한 작가가 얘기했듯 노인의 기억이란 "아무 데서나 드러눕는 개"다. 겁먹을 필요는 없다. 노경(老境)에는 거기 어울리는 삶이 있다. 늙음이 곧 병은 아니지만 병이 오래 머물다 간다. 흉곽에서 기침을 꺼내는 할머니는 오래된 흡연자다. 담배를 피운 지 오래되었으니 기침의 연대도 오래되고, 폐도 온통 까맣겠다. 할머니는 기침을 하며 고적한 나날들을 견딘다. 노경의 뒤안길에 펼쳐진 "폐(廢), 적(寂), 요(寥)"라는 둥지 속에서 죽음이 부화(孵化)하기를 기다린다.

권혁웅, 『애인은 토막 난 순대처럼 운다』, 창비, 2013

여름에는
얼음을 팔고
겨울에는
석유를 판다

남대문 상회

윤희상
1961~

1960년대, "20원을 받으러 세 번씩 네 번씩 찾아오는 야경꾼들"(김수영, 「어느 날 고궁을 나오면서」)이 있던 시절, 동네마다 얼음 파는 가게들이 있었다. 냉장고가 귀할 때다. 한여름 얼음 한 덩이 사다가 잘게 깨서 수박화채를 만들어 식구들이 빙 둘러앉아 떠먹는 게 큰 기쁨이었다. 얼음 가게는 겨울엔 연탄이나 석유를 팔았다. 달동네 서민들은 연탄도 날마다 한두 장씩 사다 썼다. 벌겋게 타오르는 연탄들이 데운 한방에서 식구들이 함께 잤다. 이 심심한 시는 달동네에 살던 시절, 큰 기쁨은 없어도 자잘한 기쁨은 많았던 그 옛날의 추억을 날카롭게 자극한다.

윤희상, 『이미, 서로 알고 있었던 것처럼』, 문학동네, 2014

머리카락에 은발 늘어 가니
은의 무게만큼
나 고개를 숙이리.

은발

허영자
1938~

젊음이 축제고 화려한 가장행렬이라면, 노년은 순례들을 끝낸 뒤 그것을 반추하며 보내는 인생의 정점이다. 머리칼은 서리 내린 듯 은발로 변하는데, 검은 머리는 되돌릴 수 없는 과거다. 은발은 그 과거를 지나서 도달한 현재다. 존 버거의 말대로 과거란 "죽음을 낳기 위한 태반처럼 한 인간의 주위에서 자라"나는 것! 노년이 되어서야 인생의 의무라는 무거움에서 놓여난다. 은발이란 무거움과의 작별인 셈이다. 오만과 미성숙과 무분별과 시행착오라는 젊음의 족쇄에서 벗어나는 것. 은은 금보다 가볍다. 은만큼 가벼워진 영혼이라니! 노시인은 "은의 무게만큼" 고개를 숙인다고 한다. 은발이 잘 어울리는 사람을 만나면, 나는 일부러 돌아서서 그를 한 번 더 바라본다.

허영자, 『은의 무게만큼』, 마을, 2007

모든 흔적은 상흔(傷痕)이니
흐르고 변하는 것들이여

견딜 수 없네

정현종
1939~

208

덧없이 가는 세월도, "변화와 아픔들"도 도무지 견딜 수가 없다. "있다가 없는 것"도 견디기 어렵고, "보이다 안 보이는 것"도 견디기 어렵다. 이룬 것 없이 세월은 흘러가고, 세월은 안팎에 흔적을 남긴다. 모든 흔적은 흠이고, 흠들은 다 상흔이니! 어수선한 세월을 건너오느라 망가지지 않고 온전한 게 하나도 없다. 어느 아침, 태평양 건너 먼 곳의 딸에게서 온 전화를 받고 문득 주역 점을 뽑아보니, 둔괘(遯卦)다. 난세에는 뒤로 물러나 고요히 있으라는 소리! 몸은 물러나도 도(道)마저 양보할 수는 없다. 옳거니, 물러나 피함에 처하더라도 정도를 지켜야 형통할 터! 물러나 웅크려라. 웅크려 견디다가 기운을 비축한 뒤 힘찬 기세로 강물 헤치고 삼천리를 나아가라!

정현종 등 지음, 『견딜 수 없네』, 중앙m&b, 2001

애달피 고운 비는 그어오지만
내 몸은 꽃자리에 주저앉아 우노라.

봄비

김소월

1902~1934

소월은 본명이 김정식(金廷湜)이다. 공주 김가 장손이었다. 문중의 기대를 받았지만 부응하지 못했다. 높은 구름 찌르는 나무의 푸릇한 가지같이 이상이 높았으나 벽은 더 높았다. 벽에 부딪쳐 날갯죽지가 꺾이고 피 흘렸다. 일제강점기 고향 정주에서 신문지국을 경영하고, 고리대금업에도 손댔다. 소규모 사업마저 처절하게 실패했다. 음주에 젖은 채 생활 무능력자로 빈둥거렸다. 등 뒤에서 사람들이 손가락질하며 수군댔다. 무명과 생의 부실함이 키운 설움은 깊어 한이 되고 독이 되었던가. "애달피 고운 비" 올 때 시인은 "꽃자리에 주저앉아" 울었다. 소월은 서른두 살에 다량의 아편을 삼키고 설움 많은 생을 끊었다.

김소월, 『진달래꽃』, 숭문사, 1951

여름과 가을 사이
발걸음 소리를 작게 하리라

사냥꾼의 노래

문정희
———
1947~

'카지노 자본주의' 사회에서는 누구나 예외 없이 사냥꾼이거나 사냥감이 된다! 죽거나 죽임을 당하거나 선택은 둘 중 하나다. '액체 근대'를 통찰한 폴란드 출신의 사회학자 지그문트 바우만의 말이다. 국경 없는, 시장 경계 없는 지구의 시대, 시인들은 영리한 방식으로 착취하는 이 끔찍한 신자유주의 체제에 살면서도 벌거벗은 생명들을 가여워하고 상생을 노래한다! 이 지혜로운 사냥꾼들은 '철새 한 마리조차 심장으로' 품고, 죽은 것들의 기억이나 반추한다. "밥을 적게 먹"고 "뿔 하나를 머리칼 속에 숨"긴 이들의 외침을 누가 들을 것인가?

문정희, 『카르마의 바다』, 문예중앙, 2012

널빤지 위에 놓인 채 식지 않은 한 덩이의 조
문(弔問), 방금 전까지 묶여 있던 말뚝에는 아
직 바둥거리는 생존이 뒷발에 힘을 모은다

사막

유재영
1948~

"칼을 든 사내의 날랜 손놀림"이 살아 있던 어린양의 숨통을 금세 끊는다. 이 잔혹한 살상에는 한 점의 자비도, 한 치의 망설임도 없다. 뒷발에 온 힘을 모으고 "바둥거리는 〔어린양의〕 생존"의 잔상은 이토록 생생하다. 살아남는 일은 타자의 희생을 바탕으로 한다. 산 것들은 살기 위해 반드시 외부에서 자양분을 가져와야 하니, 이 먹고 먹힘의 세계에서 남을 먹는 것은 비루하면서도 성스럽다. 그것이 비루한 것은 남의 생명 약탈이기 때문이고, 거룩한 것은 생명 부양 행위인 까닭이다.

유재영, 『와온의 저녁』, 동학사, 2014

생이여! 한껏 발 쭉 뻗어라

죽음이여 발 뻗어라

송재학

1955~

죽음을 위해 태어난 건 아니지만, 어쨌든 태어나는 순간부터 삶의 시간은 죽음을 향해 흐른다. 살 만큼 산 뒤 죽음을 맞는 게 자연사(自然死)다. 자연사라고 덜 슬픈 건 아니다. 흐른 세월에 봉분이 키를 낮추듯, 애도 감정도 잦아든다. 주검을 덮은 "흙이불"이 낮아질 때 그 죽음을 슬퍼하는 이들도 다 세상을 뜬다. 마침내 "산은 무덤을 삼킨다." 주검이 볼품없는 것은 삶이 충분히 늠름하지 못한 탓이다. 생이여, 살아 있을 때 늠름하게, 한껏, 발을 쭉 뻗어라!

송재학, 『날짜들』, 서정시학, 2013

일생의 옷 벗으매
내 안에 마지막 남은 것이 비로소 보인다

옷에 대하여 ─ 자화상을 보며

김종해
────
1941~

한번 난 것은 반드시 죽는다. 죽음이 있기에 살아 있는 동안 찰나들이 빛난다. 죽음은 삶의 광휘를 위해 꼭 필요한 것인지도 모른다. 하루가 저문 뒤 맞는 저녁은 인생의 노경이다. 시인은 노경에 홀연 "일생의 옷 벗으매" 안 보이던 것들이 보인다 한다. 죽음이 별것인가? 모인 기(氣)가 마침내 흩어지는 게 죽음이다. 그때 우리 안의 구름, 바람, 물도 다시 제자리로, 제 모습으로 돌아간다. 중요한 것은 계급, 존비, 대소 따위가 아니다. 사는 동안 '활짝 열린 존재'로 얼마나 열심히 사는가가 중요하다.

김종해, 『봄꿈을 꾸며』, 문학세계사, 2010

곧 종이 울릴 것이다
새들이 죽어서 날아갈 것이다

탑

김수복
1953~

낮이 기울고 저녁이 온다. 그게 필연이듯 늙으면 죽음이
가까이 온다. 질병과 노화는 죽음의 징후 사건들이다. 늙으
면 각종 장기의 노쇠화를 피할 수 없고, 세포 손상이나 디엔
에이 변형 따위도 막지 못한다. 죽음은 삶에 부과되는 필연
이다. 현세에 묶인 존재의 시간이 끝날 때 죽음이 날개를 펴
고 달려든다. 죽은 뒤 영혼이 지속한다는 믿음은 종교들이
고안해낸 죽음에 대한 위로의 알리바이다. 삶은 죽음으로
끝나지만 모든 게 끝나는 것은 아니다. 죽어도 "목숨을 바
쳐" 쌓아올린 "탑"은 남는다. 남은 이들이 죽은 자의 "탑"
을 기억하고 이에 대해 말할 것이다.

김수복, 『외박』, 창비, 2012

물길을 열어놓고 기다리며

내가 놓친 수평선까지 물을 재우고 있는

물드무

최금녀
_____
1939~

'드무'는 '드므'의 사투리다. 신기철·신용철이 편저한 『새 우리말 큰사전』(삼성출판사, 1989)은 '드므'가 넓적하게 생긴 물독이라고 일러준다. 물드무가 어머니의 바다라면, 저 가없는 한 줄 수평선까지 차오른 바다는 신의 드므다. 뭇 생명이 물에서 나오고, 사람은 어머니에게서 나온다. 둘 다 생명의 원천이다. 어머니를 잃는 것은 영혼의 피난처를 잃는 것! 오늘 어머니를 찾아 떠나는 자가 있다면 그는 행복한 사람이리라. 어머니를 잃은 자들은 세상을 유랑한다. 어머니를 잃은 나는 그를 부러워하며 세상에서 가장 슬픈 시를 쓴다.

최금녀, 『바람에게 밥 사주고 싶다』, 책만드는집, 2013

난 괴로운 일도
있었지만
살아 있어서 좋았어

약해지지 마

시바타 도요

柴田トヨ, 1911~2013

시바타 도요는 늙은 아들의 권유로 아흔 살 넘어 시 쓰기를 시작한다. 늙어 여위었지만 시를 쓰니 하루하루가 보람 있었다. "아무리 괴롭고／슬픈 일이 있어도／언제까지／끙끙 앓고만 있으면／안 돼"(「나에게」)라고 이웃에게 얘기하듯이 누구나 알아듣는 시를 썼다. 100세를 눈앞에 두고 첫 시집을 펴냈다. 불행과 슬픔에 꿋꿋하게 맞선 시비타 도요 할머니의 시집은 일본에서만 160만 부가 넘게 나갔다. "인생이란 언제라도 지금부터야. 누구에게나 아침은 반드시 찾아온다"라며, "불행하다며 한숨 쉬지 마"라고 위로하는 시에서 수많은 이들이 힘과 용기를 얻었다. 할머니는 2013년 102세로 눈을 감았다.

시바타 도요 지음, 채숙향 옮김, 『약해지지 마』, 지식여행, 2010

사루비아, 수혈을 부탁해.

사루비아

신현정

1948~2009

사루비아는 지중해가 원산지다. 타는 듯 붉은 꽃을 피운다. 시골에선 '깨꽃'이라고 한다. 꽃말은 '타는 마음, 정력, 정조'라 한다. 시인은 병상에서 오랜 시간을 보낸다. 피가 모자랐던지 사루비아에게 수혈을 부탁해, 라고 말을 건넨다. 피는 액체로 된 불이다. 몸에 활력을 더하고 역동을 키운다. 피가 모자라면 기운이 없고 활력도 떨어진다. 음식을 맘껏 먹고 자고 싶을 때 자는 게 '건강함'이라면, 아프면 맘껏 먹지도 못하고 깊이 잠들지도 못한다. 잘 먹지도 못하고 자지도 못한 채 시름시름 앓던 시인이 사루비아에게 수혈을 부탁하는 심정을 모를 수가 없다.

신현정, 『화창한 날』, 세계사, 2010

음 물큰한 처음
졸음처럼 들척지근한 죽음
음음 잘 익은 울음

으름이 풍년

정끝별
———
1964~

소리 내어 읽어봐야 제맛이 난다. 시에 등장하는 으름, 헛이름, 주름은 '름' 자 항렬이다. 해어름, 먹구름, 게으름도 '름'으로 끝을 맞춘 방계 혈통이다. 다음에 오는 처음, 죽음, 울음은 '음' 자 항렬이다. '름'과 '음'은 소릿값이 유사한 고종사촌지간이다. 으름, 으르는 것, 으름장은 이종사촌쯤 되겠다. 누군가는 으름을 먹고 게으름을 부리며 주름을 늘리며 산다. 그사이 물큰한 '처음'들과 잘 익은 '울음'들이 끼어든다. '처음'과 '울음'으로 연륜을 쌓으며 살다 마지막으로 맞는 게 '죽음'이다.

정끝별,『은는이가』, 문학동네, 2014

어머니는 가시고 장맛비가 오는데
갓 올린 봉분 안부를 아무도 묻지 않고
오독오독 콩을 깨뭅니다.

삼우 무렵

김사인
1956~

하필 장맛비 오는 철이었나. 어머니 봉분은 무사한가, 아무도 묻지 않고 볶은 콩이나 깨문다. 낼모레가 어머니 첫 기일인데, 책 쓴다고 산골짜기에 박혀 있으니 내 처지도 딱하다. 남루하기가 굴 파고 들어앉은 들짐승 꼬락서니나 다름없다. 팔순 아버지와 딸이 있다면 "서리태 한두 홉" 볶아 오독오독 깨물어 먹으련만! 아버지는 떠난 지 오래고 딸은 비행기로 스무 시간 넘어 가야 하는 먼 곳에 산다. 콩 볶아 함께 먹을 식구가 없으니, 좋은 시절은 다 갔다! 불현듯 심장이 쪼개지는 듯 아프고 서럽다.

김사인, 『어린 당나귀 곁에서』, 창비, 2015

유리창은 종종 깊은 울음을 운다
비가 올 때는 열 길 스무 길 눈물의 계곡이 생긴다

유리창

장인수

1968~

시인은 현직 고등학교 선생이다. 그는 학교가 "유리창이 참 많은 건물"이라고 증언한다. 유리창은 투명성으로 명성을 얻은 사물이다. '뒷산 산새들이 종종 유리창에 부딪쳐 죽는' 사고가 일어난다. 유리창에 비친 헛것, 환(幻), 그림자에 새들이 홀린 탓이다. 헛것을 향해 막무가내로 투신하는 산새들! 어디 새들뿐이랴! 사람도 종종 헛것, 환, 그림자에 홀린다. 이 비극 때문에 "유리창은 종종 깊은 울음을 운다." 유리창이라고 왜 충격이 없고 슬픔이 없겠는가? 죽은 새들은 "유리창을 마음대로 통과하며 살아간다"라고 하니, 그나마 다행이다.

장인수, 『유리창』, 문학세계사, 2006.

북천(北天)에 새로 생긴 신발자리 별 몇 개

상가(喪家)에 모인 구두들

유홍준
_____
1962~

죽음이 지속의 그침, 동일성의 해체, 떠남이라는 것은 맞지만, 무(無)는 아닌 듯하다. 무라는 건 그냥 실체가 없는 관념일 뿐이니까. 분명한 것은 죽음이 하고자 하는 일을 사람이 멈출 수는 없다는 점이다. 상가에 조문 갔던 기억을 떠올린다. 고인이 소원했던 이들을 상가라는 자리에 조문의 형식으로 불러 모으고, 상가가 장삼이사들로 시끌벅적 붐비며 약동하는 생의 공간으로 탈바꿈할 때 그 돌연한 활기에 놀란 적도 있다. 시인은 남다른 눈썰미로 시골 상갓집의 세시풍속을 관찰하고 있다. 왜 상갓집의 신발들은 다들 흐트러져 있는 걸까? 시인은 "구두가 구두를/짓밟는" 풍경에 삶의 모습을 하나로 겹쳐 본다. 특히 이리저리 뒹구는 구두들에서 "북천에 새로 생긴 신발자리"로 비약하는 상상력이 놀랍다. 문상객들의 신발들과 하늘의 별자리가 서로를 비춰준다. 땅에서 하늘로 수직 상승하는 시인의 상상력이라니!

유홍준, 『상가(喪家)에 모인 구두들』, 실천문학사, 2004

그럼에도, 사랑한다

그런데 웅웅거리던 벌들은 다 어디로 갔지?
꽃들은, 너는, 어디에 있지?

숲에 관한 기억

나희덕
———
1966~

238

온 것은 가고 간 것은 반드시 돌아온다. 봄, 벚꽃, 달, 작약, 기차, 꽃게가 떠나간다. 떠난 것들을 기다리는 사람은 대개 착한 사람이다. 더 많이 기다리는 자는 항상 더 많이 사랑하는 자다. 더 많이 사랑하는 자는 항상 덜 사랑하는 자에 예속되는 법이다. 더 많이 사랑하는 자들은 대수롭지 않은 늦어짐에도 괴로움에 빠지기 일쑤다. 그들은 기다림이라는 나쁜 주문(呪文)에 걸려 생을 낭비한다. '너'는 정말 내게 오기는 왔었던가? "빗방울처럼", "웅덩이처럼", "젖은 나비 날개처럼" 왔다가 떠나갔는가? 수천 마리 웅웅거리던 벌들, 사방에 지천으로 피어 "조카딸년들이나 그 조카딸년들의 친구들의 웃음판"(서정주,「상리과원」) 같던 꽃들은 다 어디로 갔을까?

나희덕 등, 『제21회 소월시 문학상 작품집』, 문학사상, 2007

밤비뿐이랴 젊음도 사랑도 기회도
오는 줄 몰랐다가 갈 때 겨우 알아차리는

비 가는 소리

유안진
―――――
1941~

빗소리를 자장가 삼아 자다가 깨어나 밤비 소리에 귀 기울인다. 밤비 소리가 "다가오다 멀어지는 불협화(不協和)의 음정(音程)"이고, "아쉬움과 섭섭함이 뒤축 끌며 따라가는 소리"로 들린다. 비는 새벽녘에 겨우 그친다. 왔다가 돌아가는 게 어디 밤비뿐이랴. 젊음도 사랑도 기회도 그렇다. 내게도 젊음, 사랑, 기회가 다 있었는데, 이것들이 왔을 때는 알아차리지 못하다가 가는 소리에 정신이 번쩍 든다. 소중한 것들은 잃어버린 다음에야 그 소중함이 더욱 절실해진다.

유안진, 『다보탑을 줍다』, 창비, 2004

이곳에서 발이 녹는다
무릎이 없어지고, 나는 이곳에서 영원히 일어나
고 싶지 않다

다정함의 세계

김행숙
1970~

김행숙 시의 화법은 늘 낯설고 모호하다. 발이 녹고 무릎이 없어지는 세계는 어떤 세계를 말하는가? "수평선처럼 누워 있는 세계"라는 단서에 기댄다면, 그것은 우리를 범속한 평면에 가두는 세계다. 그 평면을 깨고 도약하는 "검은 돌고래"는 무의식 안에 숨은 열망을 보여주는 것일까? 만남과 헤어짐으로 이루어지는 세계일지라도 솟구쳐 오르는 다정함은 키우고 장려해야 할 인류의 덕목이다. 그런 덕목들이 사라지는 것은 안타까운 일이다. 그럴수록 우리는 "양팔을 벌리고 〔당신에게〕 한없이 다가"가야 한다. 다정함이야말로 삶에 의미의 빛을 더 비추고 우리를 구원할 것이기 때문이다.

김행숙, 『이별의 능력』, 문학과지성사, 2007

그녀의 하얀 팔이
내 지평선의 전부였다.

지평선

막스 자코브
Max Jacob, 1876~1944

매양 보는 하얀 팔에서 지평선을 끌어내는 시인의 상상력
이 놀랍다. 스무 살 때 한 번 만나 잠깐 대화를 나누고 헤어
진 여성을 연모하며 끙끙 앓았다. 때는 여름, 민소매 바깥으
로 빠져나온 그녀의 하얀 팔이 눈부셨다. 그 하얀 팔을 감히
쳐다보지 못했다. 아기를 안을 팔이고, 별과 들과 강을 품은
팔이며, 은하를 다 품을 정도로 길게 늘어나는 팔이다. 그 팔
은 향기로운 꽃이고, 무지개며, 눈의 끝 간 데 없이 홀연히
펼쳐진 지평선이다. 지금도 그 하얀 팔이 환영(幻影)으로 떠
오른다. 그 하얀 팔을 볼 수 없으니, 내 지평선도 영영 사라
졌다. 막스 자코브는 초현실주의 예술이 태동하는 데 힘을
보탠 프랑스 시인이다. 파리 몽마르트르에서 아폴리네르와
피카소 등과 사귀고, 가정교사, 벽돌공, 점술가, 경비원, 외
판원 따위 직업을 전전하며 시를 쓰고 그림을 그렸다. 제2차
세계대전 중 강제수용소에서 사망했다.

막스 자코브 등 지음, 이동승 등 옮김, 『세계문학전집 – 세계시선』,
삼성출판사, 1978

비나 번개를 안아
제 흠들은 자신의 몸으로 모서리를 삼킨 거지

청송 사과

이규리
1955~

서리 내리고 바람 차가워지면 사과의 단맛도 깊어진다. 아침마다 단단한 사과 과육을 베어 먹으면, 심장이 튼튼해지고 피도 맑아지는 느낌이다. 「청송 사과」는 햇빛의 양명함이 넘치는 가을 아침에 읽기 좋은 시다. 크고 매끈한 사과의 상품 가치가 더 높지만 흠 있는 사과가 더 맛있다. 시인은 흠 있는 청송 사과를 받아놓고, 그 흠들이 "비나 번개를 안"은 것이며 "몸으로 모서리를 삼킨" 결과라고 일러준다. 흠은 울퉁불퉁한 세월을 견디느라 생겨난 것. 하긴 평생 살며 한두 가지 흠을 갖지 않은 영혼이 어디 있을까마는 흠은 내면의 통점(痛點)이 되고 콤플렉스가 된다. 사과는 단맛이 그 격을 결정짓고, 사람은 인격이 곧 격이다. 이 가을엔 아무 흠이 없다고 뻔뻔하게 우기는 사람보다는 제 영혼에 흠이 많다고 자신을 낮추는 사람과 더 자주 만나고 싶다.

이규리, 『최선은 그런 것이에요』, 문학동네, 2104

여름날 나는 늘 천국이 아니고,
칠월의 나는 체념뿐이어도 좋을 것.

칠월

허연
———
1966~

7월은 이미 여름의 절정이다. 금빛 햇빛이 도처에 타오르고 산딸기는 잎사귀 뒤에서 빨갛게 익는다. 숲이 서늘한 녹색 그늘들을 기를 때 7월은 '행복'과 '무심' 사이로 흘러간다. 어떤 연인들은 파경과 이별을 겪지만, 대체로 평화로운 시간이 이어진다. 여름날이 늘 천국은 아니다. 우리에게 당도한 7월엔 "체념"이나 "흑백영화", 이미 추억이 되어버린 "잊은 그대"도 있다. 과거라는 빗물에 쓸려가 버린 나날들. 그랬으니 골을 파고 낮은 곳으로 흘러가는 빗물 속에서 문득 "당신"이 비치기도 하는 것이겠지.

허연, 『불온한 검은 피』, 민음사, 2014

둥근 알뿌리를 인 채
듣는
저녁 빗소리

손등

고영민
———
1968~

배롱나무와 자귀나무의 꽃은 손꼽을 만한 여름 꽃이다. 둘 다 붉고 아름다운 꽃들이다. 배롱나무꽃을 보다가 문득 "꽃은 당신이 쥐고 있다 놓아버린 모든 것"이라는 시구를 떠올렸다. 생물 종들이 궁극의 목적으로 도달하고자 하는 것은 종의 자기 복제다. 꽃과 열매는 식물 종들이 다음 세대에게 제 생명을 복제해 넘겨주는 프로젝트의 일환이다. 꽃은 식물적 생명의 파동이자 존재의 융기(隆起)다. 꽃이란 동물의 생식과 섹스의 범주에 드는 일이다. '사랑'이라고 부르는 것의 실체다. 꽃이 그렇듯이 사랑은 존재의 본성이자 열락이다. "둥근 알뿌리를 인 채" 저녁 빗소리를 듣는 이는 필경 사랑에 빠진 자다.

고영민, 『사슴공원에서』, 창비, 2012

비 그치자 저녁이다 내 가고자 하는 곳 있는데,
못 가는 게 아닌데, 안 가는 것도 아닌데, 벌써
저녁이다

저녁

엄원태

1955~

공중에 빗금 긋고 흐르는 비의 동선(動線)을 보고 "움직이는 비애"라고 표현한 것은 김수영이다. 비는 여기에서 저기로, 혹은 저기에서 여기로 움직이는 비애다! 엄원태의 시는, 비 그친 저녁, 가야 할 곳에 기어코 가지 못하고 부동(不動)하는 자의 번잡한 마음을 더듬는다. 못 간 것도 아니고 안 간 것도 아닌데, 어느덧 저녁이다. 아 마음 구석구석을 물들인 하염없음이라니! 당신은 먼 곳에 있는데 나는 뼛국물인 듯 뽀얗게 우러난 하염없음에 젖은 채 저녁을 맞는다. 이 저녁, 아픈 것은 내가 아니라 내 마음이 품은 그 사람이다.

엄원태, 『물방울 무덤』, 창비, 2007

눈이 많이 내리는 저녁이었고,
나는 알아차렸다 무서운 일이 벌어지고 있다는 것을

예언자
＼
황인찬
1988~

어떤 자각과 예지는 삶이라는 광대놀음을 뚫고 어느 순간 갑자기 들이닥친다. 자각과 예지가 오는 찰나는 비동시적인 것의 동시적 현현(顯現)의 순간이리라. 사물과 의식이 돌연 환해지는 그때가 "눈이 많이 내리는 저녁이었다"라고 해도 이상할 것은 없다. 실내에 두 사람이 함께 있다. "두 사람은 다정하고, 두 사람은 충분하다"라니, 사랑하는 사이일 것이다. 한데 이 사랑의 끝이 선명하다. 그것은 미래의 일인데, 현재 속에서 나타난다. 그 사람을 안아줘야지, 하고 생각하다가, 그때가 눈이 많이 내리는 저녁이었다는 것을 알아차린 것이다. 그런 저녁은 고갈과 상실, 그토록 불길하고 부정적인 예감들로 가득 찬 시각이니까. 그런 저녁은 어딘가에서 돌이킬 수 없는 일들이 벌어진다. 세상 저쪽에서 무서운 일이 벌어지고 있음을 알아차린 것은 그 시각이 눈이 많이 내리는 저녁이기 때문이다.

황인찬, 『구관조 씻기기』, 민음사, 2012

푸른 물 위에 수련은 섬광처럼 희다

수면 위에 빛들이 미끄러진다

채호기

1957~

256

물과 빛과 수련의 묘한 하모니를 보여주는 시다. 빛은 물 위로 미끄러진다. 물에 섞이지 못하고 그 위로 미끄러지는 빛을 "사랑의 말"이라고 했다. 수면 위로 빛은 반짝이며 미끄러지니, 둘은 "영원히 만나지" 못하고 합일의 꿈은 영영 멀기만 하다. 해서, 시인은 그걸 누군가의 "애절한 심정"으로 보았다. 내 마음 끝내 알아주지 않으니 얼마나 속이 끓을까? 물과 빛 사이에서 수련은 "섬광"을 뿜으며 희게 빛난다. 수련은 서로 엇갈리기만 하는 이 애절한 사랑의 증인인 것이다.

채호기, 『수련』, 문학과지성사, 2002

술은 입으로 들고
사랑은 눈으로 드나니.

술 노래

월리엄 버틀러 예이츠

William Butler Yeats, 1865~1939

젊은 시절, 영어 원문 그대로 곧잘 외곤 했던 시다. 머리가 좋아서가 아니라 시가 짧아 가능했던 일이다. 시인은 "술은 입으로 들고／사랑은 눈으로 드나니."라고 노래한다. 바라본다는 것은 사랑한다는 것. 그대를 환대하기 위해 열린 눈, 초롱초롱한 눈은 살면서 겪는 기쁨과 찬란함, 즉 사랑이 들고나기 위한 장소! 입으로 들어온 술이 취기를 만들고, 눈으로 들어온 그대 역시 나를 취하게 하네. 술과 사랑은 도취인 것! 술의 도취가 젊음과 과장된 확신을 가져온다면, 사랑의 도취는 욕망의 환(幻)과 관능의 기쁨을, 그리고 늘 함께할 수 없는 괴로움을 동시에 안겨준다.

윌리엄 버틀러 예이츠 지음, 정현종 옮김, 『첫사랑』, 민음사, 2001

벼랑에서 만나자. 부디 그곳에서 웃어주고 악
수도 벼랑에서 목숨처럼 해다오. 그러면
나는 노루피를 짜서 네 입에 부어줄까 한다.

지금은 비가

조은
―――
1960~

잔정성 없는 관계들 탓에 마음이 권태라는 진흙탕 속에 뒹군다. "나는 노루피를 짜서 네 입에 부어줄까 한다." 이런 극진함이 없다면 그 관계는 가짜다. '밀당'을 하고, '썸' 타는 것, 인맥을 '어장'이라 하고, 그것을 '관리'한다고 표현하는 따위가 다 그렇다. 인간관계를 전략으로 보고 꺼내 든 야트막한 수작들이다. 겉치레와 허장성세로 짜인 관계들 위에 세워졌다면 그 삶은 진짜가 아니다. 사랑이건 우정이건 제 것을 아낌없이 주며 환대하고, 받을 때도 벼랑에서 목숨 받듯 한다. 전율이 전류처럼 찌릿하게 흐른다. 그게 진짜다.

조은, 『사랑의 위력으로』, 민음사, 1991

널 종교로 삼고 싶어, 네 눈빛이 고리가 되고
입맞춤이 세례가 될 순 없을까

붙박이창

이현호
1983~

당신, 너, 자기라는 말, 참 좋다. "널 종교로 삼고 싶어, 네 눈빛이 교리가 되고 입맞춤이 세례가 될 순 없을까"를 보니, 시인이 '너'에게 대책 없이 빠졌던 모양이다. 사랑하는 이들은 사랑하는 대상을 '아토포스'로 인지한다. 아토포스는 소크라테스와 대화하던 자들이 소크라테스에게 붙인 별칭인데, 예측할 수 없는, 끊임없는 독창성으로 분류할 수 없음을 뜻한다. 롤랑 바르트의 해석이다. 상대의 기분을, 상대의 운명을 예측할 수 없으니, 사랑은 어렵다. 이 사랑도 순탄하지만은 않았던 듯하다. 애인 떠난 뒤, 시인은 먼지들이 부유하는 방에 혼자 앉아 있다. 이 기다림에는 기약이 없다.

이현호, 『라이터 좀 빌립시다』, 문학동네, 2014

낡은 거울의 먼지 얼룩쯤에서 울고 있다고 당신
의 기별은 오고

당신의 날씨

김근
———
1973~

264

당신은 낡은 거울의 먼지 얼룩쯤에서 울고 있나? "눈도 못 뜰 세월 당신은 또 무슨 탁한 거울 속에서나" 늙고 있나? 손을 뻗어도 닿을 수 없는 자리에 있는 당신. 그래서 우리는 서로 등 보이며 돌아누운 채 무심한 세월은 견디고 있겠지. 낡은 거울이나 탁한 거울은 우리 기억을 되비추는 그 무엇이겠다. 가끔 그 거울에 "당신의 기별"이 비치곤 한다. 그러고 보니 헤어져 산 지 참 오래되었다. 우리가 각자 도생하는 사이 얼마나 많은 꽃들이 피었다 졌을까? 바람 불고 눈 내려 푹푹 쌓이던 날들은 또 얼마나 많았을까? 밥 잘 먹고 잠 잘 자며, 당신, 부디 잘 살아요.

김근, 『당신이 어두운 세수를 할 때』, 문학과지성사, 2014

봉투를 열자 전갈이 기어 나왔다
나는 전갈에 물렸다

전갈

류인서
─────
1960~

시인은 '전갈'이란 동음이의어를 절묘하게 갖다 쓴다. 전갈은 뜻이 두 겹인데, 하나는 독충이고, 다른 하나는 소식이다. 봉투에서 기어 나온 게 푸른 전갈이다. 사랑에 빠진 자들 스스로는 그 상황에서 쉽게 빠져나오기 어렵다. 전갈에 여지없이 물리기 때문이다. 전갈에 물리면 몸이 붓고 열에 들떠 앓는다. 당신이 보낸 전갈에 물려 아프기 때문이다. 당신이 이 지독한 전갈을 보냈으니, 부디 이 병도 당신이 낫게 하라!

류인서, 『여우』, 문학동네, 2009

이기적인 생은 보고 싶은 것만 보고 듣고
싶은 것만 들어서
우리 안에는 당신이라는 모든 매미가 제
각기 운다

당신이라는 모든 매미

이규리

1955~

여름 새벽 서너 시까지 극성스럽게 울어대는 매미에게서 "과유불급"과 "집착"을 느끼며 진절머리를 치는데, 시인은 자신도 그런 적이 있었다고 고백한다. 보고 싶은 것만 보고 듣고 싶은 것만 들으려는 게 사람의 성정이다. 그게 이기적인 것이라면, 나와 당신은 다 이기적인 사람들이다. "우리 안에는 당신이라는 모든 매미가 제각기 운다." 사랑한다는 말은 곧 내 안의 사람이 아프다는 뜻이다. 당신이라는 매미가 내 안에서 그치지 않고 우는 것은 그런 까닭에서다. 사랑은 이기적이면서 동시에 가장 이타적인 것이다.

이규리, 『최선은 그런 것이에요』, 문학동네, 2014

하늘에서
내린다
물은 더
필요없다고

비

최영철
———
1956~

270

비가 내린다. 마른 가뭄을 해갈하는 비다. 비는 땅의 것들이 받아먹으라고 내리는 하늘의 선물이다. 땅이 받아먹고 남은 것은 아래로 흘려보낸다. 비는 웅덩이를 만들고 골을 만든다. 빗물 괸 웅덩이에는 하늘이 내려온다. 한편 연인들은 비를 피해 카페나 극장으로 몰려간다. 비는 연인들의 감정을 멜랑콜리로 물들여 사랑을 키우고 정념의 불꽃을 점화시킨다. 비가 내릴 때 나는 카페의 구석진 곳을 찾아가 느긋하게 책을 읽는다. 빗줄기가 주렴처럼 감싸고 호위할 때 나는 홀연 불멸의 심연 가장자리에 가 닿고 싶다.

최영철, 『금정산을 보냈다』, 산지니, 2015

사랑한다 속삭이며 서로의 살점
뭉텅뭉텅 베어 먹는 것 골즙까지
남김없이 빨아 먹는 것 앙상한
늑골만 남을 때까지……

복숭아

강기원
___
1957~

사랑은 영혼을 교란시킨다. 그래서 사랑에 빠진 자들은 전대미문의 혼란을 겪는다. 사랑은 방향감각을 잃고 갈팡질팡하며, 비현실적 환상 속을 헤매 일상이 뒤죽박죽 엉키게 만든다. 사랑이란 "뇌수마저 송두리째 서서히 물크러지며 상해 가는 것"이거나 상대의 "살점 뭉텅뭉텅 베어 먹는 것"이다. 사랑이 깊으면 광기도 깊다. 썩어가는 과일의 향이 그렇듯 무르익은 사랑의 향기도 진동한다. 하지만 어떤 사랑이든지 사랑은 불완전한 완전이고, 두 번 반복되지 않는 단 한 번의 기적이다. 사랑하면 대담해져서 신의 영역까지 넘본다. 제 사랑을 감히 '영원'과 '불사'에 매달고 끌어 달라고 간청한다.

강기원, 『바다로 가득 찬 책』, 민음사, 2006

너와의 이별은 도무지 이 별의 일이 아닌 것 같다.
멸망을 기다리고 있다.

이 별의 일

심보선

1970~

‘이 별’은 지구, ‘이별’은 지구에서 무시로 일어나는 사태. 이별도 흔해져서 심드렁한 일에 속하지만, 어떤 이별은 도무지 믿기지 않아·실감이 나지 않는다. 이때 이별은 마음이 절벽 아래로 떨어지는 사건이고, 황당무계해서 착란을 일으킬 만큼 심각한 일이다. 그 후유증도 만만찮으니 경미한 뇌진탕이나 작은 뇌사 징후를 보인다. 느닷없이 이별 선고를 받은 자는 아찔한 현기증 속에서 인생이 예측 불가능의 울퉁불퉁한 샛길로 빠진다. 이 위기 국면에서 잘 빠져나오기도 하지만 더러는 허우적거리다가 인생을 다 허비하고 만다. 이 별에서 도무지 일어날 수 없는 이별을 당하면 격한 절망에 빠질 수도 있다. 세상 멸망한 뒤 그다음에 이별하자는 마음이 그 절망의 깊이를 드러낸다. 오오, 어디쯤 왔는가, 내 마음의 멸망이여!

심보선, 『눈앞에 없는 사람』, 문학과지성사, 2011

착한 당신, 피곤해져도 잊지 마,
아득하게 멀리서 오는 바람의 말을.

바람의 말

마종기
1939~

함께할 수 없는 사랑의 애틋함, 부재하는 이를 그리워하는 사랑 노래다. 사랑하는 이의 부재는 사랑하는 이를 향한 열렬한 욕망을 더욱 키운다. 욕망을 이상화한 게 바로 그리움이다. '나'는 바람에게 먼 곳의 당신에게 내 애절함을 실어 보내는데, 혹시나 바람에 실어 보낸 내 마음의 기척을 모를까, 안타까워한다. "아득하게 멀리서 오는 바람의 말"은 "착한 당신"을 향한 내 마음이다. "세상의 모든 일을/지척의 자"로만 재지 말고, 멀리서 불어오는 바람의 말에 귀 기울여달라는 것이다.

마종기, 『안 보이는 사랑의 나라』, 문학과지성사, 1999

그 사람의 숨결이 닿는 데까지가
그 사람이다
아니 그 사람이 그리워하는 사람까지가
그 사람이다

그리움

고은
————
1933~

먼 것을 가까이 끌어당김이 그리움이다. 멀리 있는 당신을 쉬이 못 놓는 마음 한 자락, 이 안타까움, 이 속수무책, 이 하염없음이 그리움이다. 그리움의 질료가 공(空), 부재, 무(無)라면, 그 실체적 진실은 헛것 보기다. 가슴에 붉은 모란 움처럼 돋은 그리움으로 터질 듯 벅찬 바 있으니, 그것 한 점 없이 사는 것만큼 팍팍한 삶이 또 있으랴! 그리움은 오후의 홍차에 넣은 꿀 한 방울 같은 것. 그리움은 본디 부재와 상실을 이상화할 때 생기는 달콤한 감정이다. 나와 너 사이, 여기와 저기 사이, 시공의 감미로운 간격에서 생겨나는 것이니, 거리가 없으면 그리움도 생기지 않는다. 바로 옆 사람을 그리워하는 것은 정신착란이다. "물결이 다하는 곳까지가 바다"이듯 "그 사람의 숨결이 닿는 데까지가 그 사람"이고 "그 사람이 그리워하는 사람까지가 그 사람이다."

고은, 『뭐냐』, 문학동네, 2013